MOLOKO PRINT

Moloko Print 082 | 2020
© William Cody Maher
Fotos. Signe Mähler
Gestaltung. Ralph Gabriel
Gesetzt aus der Avenir
Druck. Bookstation GmbH Anzing
Printed in Germany 2020
www.molokoplusrecords.de
ISBN 978-3-943603-88-0

WILLIAM CODY MAHER

THE RETURN
DIE RÜCKKEHR

DEUTSCH VON | GERMAN BY WALTER HARTMANN
FOTOS VON | PHOTOS FROM SIGNE MÄHLER

For Carl Weissner

INHALT

A few empty chairs 8
    Ein paar leere Stühle 9
Say Grace! 12
    Sag Grace! 13
Lights out 22
    Licht aus 23
Shock and awe 24
    Shock and Awe 25
Kids in blindfolds 32
    Blindekuh 33
I see a poem 36
    Seh ich ein Gedicht 37
I am the poet laureate of nothingness 38
    Hofdichter des Nichts 39
The lead soldier 44
    Der Bleisoldat 45
Don't go looking 48
    Such nicht nach meinen Gedichten 49
In the eternal cinema 54
    Kino ohne Ende 55
The waves 58
    Die Brandung 59
Sold under the counter 60
    Nur unterm Ladentisch 61
Doing god's work 64
    Gottes Werk 65
Mine did 74
    Meine schon! 75

Of the violence to come   78
    Die Gewalt die noch kommt   79
Pornography   84
    Pornografie   85
The freeway on-ramp   86
    An der Freeway-Auffahrt   87
Why this road   92
    Wieso ausgerechnet hier?   93
You better leave   106
    Hau ab hier   107
A figure of speech   110
    Bloß so 'ne Redensart   111
Dancers' voices   116
    Stimmen der Tänzer   117
Ode to pain   120
    Ode an den Schmerz   121
Taking Lenin's vows   126
    Wir geloben als Lenins Erben   127
Twiddle toes   136
    Twiddle toes   137
Incident at the Municipal office in Berlin   140
    Dialog im Bezirksamt Berlin   141
And you   148
    Und Sie?   149
Endzone   152
    Endzone   153

Bare Facts   160
    Nackte Tatsachen   161

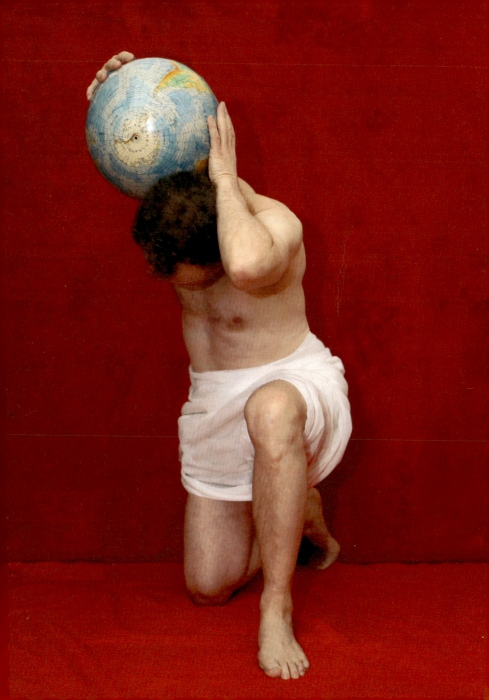

A FEW EMPTY CHAIRS

Be suspicious
If your name
Appears on a program
And be even more suspicious
If your name
Appears alone
And keep a healthy suspicion
When the theatre
The square
The corridor
Fills up

And watch your back
If flowers arrive
And microphones appear
Be particularly vigilant
If limousines
Appear out of the dust
And voices are raised
In the wind
And keep watch for relatives
With one wary eye

And after all possible precautions
Have been taken
And the audience

EIN PAAR LEERE STÜHLE

Sei auf der Hut
Wenn dein Name
Auf einem Programm erscheint
Und sei erst recht auf der Hut
Wenn dein Name dort
Als einziger steht
Und hege ein gesundes Misstrauen
Wenn der Korridor
Der Saal
Der Platz
Sich füllt

Und achte stets darauf, wer
Hinter dir steht
Wenn sie mit Blumen kommen
Und man dir Mikrofone hinhält
Sei besonders wachsam
Wenn aus dem Staub
Limousinen auftauchen
Und laute Stimmen
Den Wind übertönen
Und hab ein wachsames Auge
Auf die Verwandtschaft

Und wenn sämtliche
Vorsichtsmaßnahmen getroffen sind
Und das Publikum

The crowd
The suspicious characters
The loved ones
The interested parties
Have been seated
Or left standing
In the rain
In the wind
In the dust
Proceed
With a firm determination
To recite your poems

But be certain
To speak
Of other childhoods
Other memories
Other times
Than these
When in the presence
Of a few empty chairs

Die Menge
Die verdächtigen Figuren
Die Nahestehenden
Die interessierten Kreise
Platz genommen haben
Oder stehen müssen
Im Regen
Im Wind
Im Staub
Dann trittst du vor
Aufrecht und forsch
Und rezitierst deine Gedichte

Aber versäume keinesfalls
Zu erwähnen
Die Kindheit von anderen
Die Erinnerung von anderen
Und andere Zeiten
Als die gegenwärtige
Angesichts ein paar leerer Stühle

SAY GRACE!

I loved my aunt. She raised me after my mother left. She left to start a new life. I thought I was that new life. But I had grown old. I was 13 when she left. My father came once. He said you look like her. Too much like her. He wanted my forgiveness. I gave it to him. I had nothing else to give. I said I forgive you for being a drunk.

My aunt was a little crazy. She kept two parrots. She loved them. Then one of them died. My aunt began to speak with the surviving parrot. She sensed that it was lonely. She called her Grace. We were only guessing if she was female. We figured it didn't matter. She would say, "Say Grace", and Grace would say, "Say Grace" and that could go on all morning. I would wake up to their conversations.

I'm back from the war. Not all the way back. My brother says he does not like to come because the rooms are too dark. He says the food my aunt serves is moldy. He is probably right. I don't notice anymore. There are many things I don't notice. I sleep in the same bedroom with my aunt. My aunt snores. I snore. It's a kind of conversation. She accuses me of waking her up and I accuse her of waking me up. We both stand at the window facing the garden in the

SAG GRACE!

Meine Tante hab ich immer sehr gemocht. Bei ihr wuchs ich auf, nachdem meine Mutter beschlossen hatte, ein neues Leben anzufangen. Ich hatte immer gedacht, ihr neues Leben sei ich. Doch mittlerweile war ich älter geworden. Ich war 13, als sie sich verabschiedete. Einmal schaute mein Vater vorbei. Er sagte, ich sähe ihr ähnlich. Ein bisschen zu ähnlich. Dann bat er mich um Vergebung. Die gewährte ich. Mehr hatte ich nicht für ihn. Ich sagte: „Ich vergebe dir, dass du ein Säufer bist."

Meine Tante war ein bisschen meschugge. Sie hatte zwei Papageien, und die waren ihr ein und alles. Eines Tages starb einer von ihnen. Meine Tante ging nun dazu über, sich mit dem verbliebenen Papagei zu unterhalten. Sie spürte, dass er sich einsam fühlte, und sie nannte ihn Grace. Wir nahmen jedenfalls an, dass es sich um ein Weibchen handelte. Und dachten, so wichtig ist das auch wieder nicht. Sie sah ihn an und sagte: „Sag Grace", und Grace echote: „Sag Grace", und so ging das dann meist den ganzen Morgen lang. Ich wurde davon wach.

Ich bin Kriegsheimkehrer. Nicht so ganz heimgekehrt. Mein Bruder sagt, ihm seien die Zimmer hier zu dunkel, sonst käme er öfter mal vorbei. Er behauptet, das Essen, das ihm meine Tante hinstellt, sei vergammelt. Da hat er vermutlich recht. Mir fällt das gar nicht mehr auf. Es gibt so manches, das mir nicht mehr auffällt. Meine Tante und ich, wir schlafen in einem Zimmer. Sie schnarcht. Ich schnarche. Das hört sich dann an, als würde man sich unterhalten. Sie beschwert sich, dass mein Schnarchen sie aufweckt, und ich beschwere mich über ihr Geschnarche. Wir stehen beide an dem Fenster, das auf den Garten hinterm Haus

back yard. What is left of the garden. I have been unable to bring it back to life.

Yesterday, a boy knocked on our door. It was the newspaper boy. He wanted to know if we were interested in signing up for the paper. I told him I signed up to fight a war. I told him if he had a death certificate I would sign it. He ran back down the steps. I've got enough of the world in my head to last a lifetime.

My aunt reads a great deal. She reads scientific magazines. She is very interested in the nature of the universe. She believes that this house is situated at the center. She says that when we are conscious we are the magnets that all life is drawn to. I find that a strange idea. If that were true why aren't things livelier around here? There were signs in the sky she said. Portents. She used that very word.

I neglected to mention. I am in recovery. I was told to say that by my shrink. You have to talk back he said. War is not a pretty sight. I kept repeating that phrase over and over till I felt like my aunts demented parrot.

There is a frayed old photograph of Elvis Presley taped to my aunts mirror in the bedroom. He is wearing that obscene jump suit he wore in Vegas. He has those big ugly sideburns and looks like a ton of lard. I read somewhere that he loved peanut butter and jelly sandwiches. He is bloated out of all proportion. Grotesque. She

hinausgeht. Oder was vom Garten übrig ist. Ich war nicht in der Lage, ihn wieder zum Leben erwecken.

Gestern klopfte ein Junge an die Haustür. Es war der Zeitungsbote. Er fragte, ob wir nicht einen Abo-Schein unterschreiben wollten. Ich sagte ihm, ich hätte mal was beim Rekrutierungsbüro unterschrieben und dann im Krieg gekämpft. Ich sagte, wenn er mir einen Totenschein vorlegt, dann unterschreib ich den. Er drehte sich um und rannte davon. Von der Welt da draußen habe ich genug im Kopf, das reicht mir bis ans Lebensende.

Meine Tante liest viel. Hauptsächlich Zeitschriften mit naturwissenschaftlichen Sachen. Sie interessiert sich sehr für die Struktur des Universums. Sie glaubt, dass unser Haus sich genau im Mittelpunkt befindet. Und sie behauptet, dass wir im Wachzustand wie Magnete funktionieren, von denen alles Leben angezogen wird. Diese Ansicht find ich ein bisschen seltsam. Wenn es so wäre, wieso sind die Dinge um uns herum dann nicht lebendiger? Sie sagte, es gibt Zeichen am Himmel. Omen war das Wort, das sie benutzte.

Ich vergaß zu erwähnen, dass ich in der Genesungsphase bin. Das soll ich so sagen, laut meinem Klapsdoktor. Er meinte, ich müsse auch mal Widerworte geben. Ich müsse lernen, nicht hinter dem Berg zu halten. Krieg ist kein schöner Anblick. Diesen Satz wiederholte ich immer wieder, bis ich mir vorkam wie der bescheuerte Papagei meiner Tante.

Am Schlafzimmerspiegel hat meine Tante mit Klebestreifen ein altes abgewetztes Foto von Elvis Presley angebracht. Auf dem Bild trägt er die vulgäre Montur seiner Las-Vegas-Auftritte. Er hat enorme, hässliche Koteletten und sieht aus wie ein widerlicher Fettsack. Irgendwo las ich, dass er gern Sandwiches mit Erdnussbutter und Gelee futterte. Er ist grotesk aufgeschwemmt. Vorm

plays the same record every evening before we sleep. "Love Me Tender."

We sit in front of the television watching re-runs. My favorite is "I Love Lucy." Now I look at Lucy like she is a real woman. I look at her body. Back then as a kid, I didn't know she had one.

I am getting my strength back. I know that because I had an erection last night. Not in front of the television but in the back yard. I was looking up into the night sky and thinking about Lucy.

My aunt sits at the table with her fist under her chin. She is watching food go bad in plastic dishes she bought at the store where everything costs 99 cents. The parrot Grace is squawking and sky diving through the rooms.

I cut the cord on the phone. "You're not using it are you" I said. She wept uncontrollably.

She has been speaking with her husband on a regular basis. He's been dead for years but they are still on speaking terms. According to her he still has his job sweeping streets. She wanted to say for a living but even to her that sounded wrong. Ernest Clay was his name. Ernest used to come by and visit with me on the steps of Old St. Mary's Church. He preached the law of the diabetics legs, and the law was, walk while you still can. Walk before they are chopped off. I would sit on the steps eating potato chips. Chinatown was Clay's street sweeping route. One day he couldn't stand up anymore. Months before he died he would roll his wheelchair to the steps and point a finger up to the

Schlafengehen legt meine Tante immer die gleiche Platte auf, „Love Me Tender".

Wir sitzen vor dem Fernseher und gucken Wiederholungen alter Serien. Mein Favorit ist „I love Lucy". Heute sehe ich Lucy als eine reale Frau. Ich schau mir ihren Körper an. Früher, als Kid, war der für mich gar nicht existent.

Ich merke, wie ich wieder in Form komme. Es fiel mir auf, als ich letzte Nacht eine Erektion kriegte. Nicht vor der Glotze, sondern hinterm Haus. Als ich hinauf in den Abendhimmel schaute und an Lucy dachte.

Meine Tante sitzt am Tisch, hat ihr Kinn auf die Faust gestützt. Sie schaut den Fressalien beim Vergammeln zu, in den Plastikschüsseln aus dem Billigladen, wo alles nur 99 Cents kostet. Der Papagei kreischt und macht in den Zimmern seine Sturzflugübungen.

Ich schnitt das Telefonkabel entzwei. „Das brauchst du ja doch nicht", meinte ich. Worauf sie hemmungslos zu heulen anfing.

Sie unterhält sich regelmäßig mit ihrem Ehemann. Der ist seit Jahren tot, aber es herrscht keineswegs Funkstille zwischen ihnen. Ihr zufolge macht er wie früher seinen Job als Straßenkehrer. Für den Lebensunterhalt, hätte sie fast gesagt, aber das erschien selbst ihr abwegig. Sein Name war Ernest Clay. Früher schaute Ernest ab und zu vorbei und leistete mir auf den Stufen von Old St. Mary's Gesellschaft. Er predigte das Gesetz der Diabetikerbeine, und dies Gesetz besagte: Lauf solang du kannst. Lauf, bevor man sie dir amputiert. Ich hockte da immer auf der Treppe vor der Kirche und futterte Kartoffelchips. Chinatown lag auf der Route von Ernest, wenn er mit dem Kehrbesen unterwegs war. Eines Tages kam er plötzlich nicht mehr auf die Beine. In den Monaten vor seinem Tod fuhr er immer mit dem Rollstuhl bis an den Fuß der Treppe und deutete mit einem

steeple and the clock where it said "Beware the Time Son, and Flee from Evil" until he had no finger to point.

One day, I'll have to go into the basement and unearth the treasures discovered by Ernest. Everything he found on the streets was catalogued according to his valued opinion.

Once I had placed a value on human life. I might just as well have placed potato chips on a number on a roulette wheel.

One morning I woke up to the hysterical bird screeching "Say Grace, Say Grace." The cage was open. Grace was hovering over my aunt's chest like a helicopter struggling with a body, flapping its wings. It was pecking at the blood on her open mouth. I put on "Love Me Tender" lowered the blinds and sang along.

Finger auf die Kirchturmuhr, wo zu lesen stand: „Achte auf die Zeit, mein Sohn, und fliehe das Böse", bis er auf nichts mehr zeigen konnte.

Eines Tages werde ich runter in den Keller gehn müssen, die Schätze ausgraben, die Ernest zusammengetragen hat. Alles, was er auf den Straßen fand, wurde entsprechend seiner Einschätzung katalogisiert.

Einmal hatte ich einen Wert für das menschliche Leben festgesetzt. Genauso gut hätte ich beim Roulette Kartoffelchips aufs Tableau legen können.

Eines Morgens wachte ich auf, weil der Papagei immerzu „Sag Grace, sag Grace!" kreischte. Die Käfigtür stand offen. Der Papagei schwebte hysterisch flatternd über der Brust meiner Tante, wie ein Helikopter, der eine Leiche bergen will. Er pickte Blut von ihrem geöffneten Mund. Ich legte „Love Me Tender" auf, ließ die Jalousie runter und sang mit.

LIGHTS OUT

Put a 20 watt light bulb in a dark room
Bring the man in
Let him spend a little quiet time with himself
Maybe he'd like to read a good book
Put a 200 watt light bulb in a dark room
Bring the man in
Get him talking about a war he fought a long time ago against himself
Or a woman he'll never see again in his life
Feed him some popcorn
He'll sink into the cushioned velvet seat
He'll think he's at the movies
Put a 500 watt bulb in a dark room
Bring the man in
He'll talk
They all do
Give him time
That's what they need
Watch his face light up
Like a lighthouse
On a distant shore
Put a 1000 watt bulb
In a dark room
Bring the man in
Leave the detectives outside
We won't be needing them anymore
Bring in a janitor
To clean up the mess.

LICHT AUS

Fensterloser Raum, schraubt eine 20-Watt-Birne ein
Bringt den Kerl rein
Gebt ihm ein bisschen Zeit und Muße
Vielleicht will er ja ein gutes Buch lesen.
Fensterloser Raum, schraubt eine 200-Watt-Birne ein
Bringt den Kerl rein
Bringt ihn zum Reden über den Krieg den er gegen sich selbst führt
Oder die Frau die er niemals wiedersehn wird
Gebt ihm eine Tüte Popcorn
Und er kommt sich vor
Wie in 'nem Kinosessel mit Samtbezug.
Fensterloser Raum, schraubt eine 500-Watt-Birne ein
Bringt den Kerl rein
Er wird reden
Tun sie alle
Lasst ihm einfach Zeit
Die braucht es nun mal
Irgendwann wird sein Gesicht aufleuchten
Wie der Leuchtturm
Einer fernen Küste.
Fensterloser Raum
Schraubt eine 1000-Watt-Birne ein
Bringt den Kerl rein
Lasst die Detectives draußen
Werden nicht mehr gebraucht
Schickt den Hausmeister rein
Zum Saubermachen.

SHOCK AND AWE

I am an American Army housewife stationed somewhere overseas
It doesn't matter where I am
I never leave the Base
I am not wasting any time while my husband is deployed
Every good wife should have a lover
One that never goes to war so he never has to come back
I am not the little girl my daddy dreamed I'd be some day
I am not what my husband thinks I am
I explode like a roadside bomb
I am a living bombshell
I am expecting company tonight
Bringing me news of my husband
Should I ask him in for coffee and cake?

I had a nightmare last night
I was one of the Army wives in the new TV Series
But it was a pornographic story
Two Marines visited me
I knew as soon as the doorbell rang
What was up
They asked if they could come in
I told them I wanted them to go away
They forced their way through the door

SHOCK AND AWE

Ich bin eine amerikanische Hausfrau
Auf einer Army-Base irgendwo in Übersee
Wo genau, spielt keine Rolle
Die Base verlasse ich nie
Und wenn mein Mann zu einem Einsatz muss
Dann fackel ich nicht lange
Jede gute Soldatenfrau sollte einen Lover haben
Der nie in irgendeinen Krieg zieht
Und plötzlich als Heimkehrer auf der Matte steht
Ich bin nicht der Unschuldsengel den Daddy in mir sah
Und nicht das, wofür mein Mann mich hält
Ich bin scharf wie ein Sprengsatz am Straßenrand
Ich bin eine Sexbombe
Heut Abend will einer vorbeikommen
Mit Neuigkeiten von meinem Mann
Ob ich ihn mal zu Kaffee und Kuchen hereinbitten soll?

Letzte Nacht hatte ich einen Albtraum
Ich war so 'ne Soldatenfrau in dieser neuen TV-Serie
Das war voll der Porno
Zwei Marines tauchten bei mir auf
Und was da im Busch war
Ahnte ich schon gleich, als es läutete
Sie fragten ob sie reinkommen dürften
Ich sagte: Ihr geht mal lieber
Sie verschafften sich gewaltsam Zugang

I woke up and I said to myself
It's like in a fairy tale
I am gone forever and will never come back
So I called my best friend Betty
Betty said she would be there in a minute
Betty held me in her arms
Betty began to kiss me
Turn off the television I said to her
But the television would not go off

People will say that I didn't deserve
To go mad for my country
But they don't understand

The last nightmare I had
When I could still tell the difference
I was on a stage
In front of thousands of screaming soldiers
It was cold as ice
But I was wearing a transparent dress
And I was folding the flag
I told everyone in the audience
To watch carefully
And not take their eyes off the flag
Once the flag was folded
I had all of these soldiers
Count to ten
You should have heard the roar
And then I waved my hand with the flag

Ich wachte auf und sagte mir
Das ist ja wie in einem Märchen
Die Realität kippt weg und es gibt kein Zurück
Also rief ich meine beste Freundin an
Betty sagte sie käme gleich rüber
Betty nahm mich in die Arme
Betty gab mir Küsschen
Ich sagte: Mach doch mal den Fernseher aus
Aber der Fernseher ging nicht aus

Die Leute werden sagen
Das hat sie nicht verdient
Für ihr Land den Verstand zu verlieren
Aber die haben keine Ahnung

In meinem letzten Albtraum
Da hatte ich noch alles im Griff
Ich stand auf einer Bühne
Vor Tausenden johlender GIs
Ich war eiskalt
Aber ich trug ein durchsichtiges Kleid
Ich faltete die Fahne zusammen
Und forderte jeden einzelnen im Publikum auf
Genau hinzuschauen
Die Fahne nicht aus den Augen zu lassen
Und als sie zusammengefaltet war
Ließ ich all die Soldaten
Bis zehn zählen
Den Sound hätten Sie mal hören sollen
Und dann wedelte ich mit der Fahne

And out of it
Fell my dead husband
You should have seen
The shock and awe on their faces …

Und heraus fiel
Mein toter Mann
Die Gesichter hätten Sie mal sehn sollen
Das war echt Shock and Awe

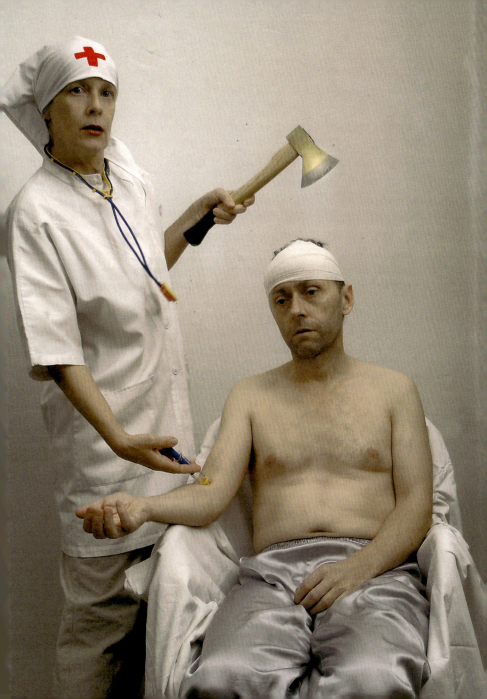

KIDS IN BLINDFOLDS

All right children. I want all of you to know at the very beginning that this is only a game and nothing more than a game. Now Betty, could you tell everyone what you have in your hand?
I have a blindfold, Miss Gaines.
That's correct. Show the other children what you do with a blindfold, Betty!
I put it over my eyes …
And what happens then, Betty?
Well, of course, I can't see.
And why do you put it over your eyes?
Well, there are different reasons.
Can you name some of them?
I don't want to.
Maybe someone else can … Billy … what would be one reason?
Well, she might have a blindfold placed over her eyes because somebody is touching her somewhere secret.
What could be another reason, Sammy?
One reason, Miss Gaines, might be that she can't see that she is about to be shot.
I'm scared Miss Gaines.
You don't have to be afraid, Betty … This is just pretend.
I don't want to pretend.
Now, I want you to put on your blindfolds before we go outside. I want you to hold hands. We don't have to

BLINDEKUH

Also schön, Kinder. Ich will, dass ihr alle von Anfang an wisst, dass dies nur ein Spiel ist, ein Spiel und sonst nichts. Nun, Betty, würdest du uns bitte sagen, was du da in der Hand hast?
Eine Augenbinde, Miss Gaines.
Richtig, Betty. Zeig doch mal den andern Kindern, was man mit so einer Augenbinde macht!
Die lege ich mir über die Augen ...
Und dann, Betty?
Ja, also dann seh ich nix mehr!
Und wozu legt man so eine Augenbinde an?
Also da gibt es verschiedene Gründe.
Kannst du ein paar davon nennen?
Nee, lieber nicht.
Vielleicht kann es jemand anders ... Billy, was wäre denn zum Beispiel ein Grund?
Also, vielleicht hat sie eine Augenbinde um, weil jemand sie heimlich wo anfassen will.
Und du, Sammy, weißt du noch andere Gründe?
Einen weiß ich, Miss Gaines. Vielleicht, damit sie nicht sehen kann, dass man sie gleich erschießen wird.
Ich hab Angst, Miss Gaines.
Du musst keine Angst haben, Betty ... wir tun doch nur so als ob.
Ich will nicht so tun als ob.
Also, bevor wir jetzt rausgehn, möchte ich, dass ihr eure Augenbinden anlegt. Und dann nehmt ihr euch alle schön

go far. You'll see that there is nothing to be
   afraid of.
Can I take my bear Miss Gaines? It's in my bag.
Of course, Betty, you can take your bear … Now, take
   one another's hands and follow me …

an der Hand. Wir haben nicht weit zu laufen. Ihr werdet
sehn, dass es nichts gibt, wovor ihr Angst haben müsst.
*Darf ich meinen Teddy mitnehmen, Miss Gaines? Er ist in
meiner Tasche.*
Natürlich darfst du deinen Teddy mitnehmen, Betty … Und
jetzt fasst euch alle an den Händen und folgt mir …

I SEE A POEM

I see a poem
Walking down the street
I go the other way

I see a poem lying in the gutter
It's not mine
Let it rot
Let it bleed to death

I see a poem
Offering hope
I report it to the police

I see a poem
Stripping away
Everything in its path
I feel no regret

I see a poem
Going into a bar
With a cigarette in its mouth
It's my father
But he has been dead for years

I see a poem
Waiting for me to come home
But I am not a child anymore

SEH ICH EIN GEDICHT

Wenn mir auf der Straße
Ein Gedicht begegnet
Schlag ich die Gegenrichtung ein

Seh ich ein Gedicht in der Gosse liegen
Keins von mir
Soll es doch vergammeln
Soll es verbluten

Seh ich ein Gedicht
Das Hoffnung macht
Erstatte ich umgehend Anzeige

Seh ich ein Gedicht
Das alles pulverisiert
Was ihm im Weg steht
Empfinde ich kein Mitleid

Ich seh ein Gedicht
In einer Bar verschwinden
Kippe im Mundwinkel
Könnte mein Vater sein
Aber der ist schon Jahre tot

Ich seh ein Gedicht
Das drauf wartet, dass ich heimkomme
Aber ich bin kein Kind mehr

THE POET LAUREATE OF NOTHINGNESS

I am the Poet Laureate of nothingness
I am proud of that disputed fact
It is disputed because there is no proof
That nothingness exists
And I am no argument
For or against nothingness

I was telling my dead mother
Just last night
In a dream
When we paused
Halfway up McKinnon Street
That the wooden shack is still there
And that I don't think the people
Will let us live with them
She was standing there out of breath
And I felt guilty for asking her
To climb up the hill

But I am proud anyway
To have this title
A title I gave myself
Why wait for someone
To give you a meaningless title
When you can create your own

HOFDICHTER DES NICHTS

Ich bin der Hofdichter des Nichts
Und stolz auf diesen strittigen Fakt
Strittig deshalb, weil es keinen Beweis gibt
Für die Existenz des Nichts
Und weil ich nicht als Argument tauge
Für oder gegen das Nichts

Erst letzte Nacht
Erzählte ich im Traum
Meiner Mutter
Bei einer kurzen Verschnaufpause
Auf halbem Weg die McKinnon Street rauf
Dass dort noch das alte Holzhaus steht
Und ich nicht glaube
Dass die aktuellen Bewohner
Uns bei sich unterschlüpfen ließen
Sie stand da, war außer Atem
Und ich fühlte mich schuldig, weil ich
Sie hier diesen Hügel rauf scheuchte

Jedenfalls trage ich
Diesen Titel voller Stolz
Ich habe ihn mir selbst verliehen
Warum endlos warten, bis mir jemand
Einen dämlichen Titel verleiht
Wenn ich das genausogut selber kann

I was jealous for many years
When all of my favorite dead poets
Got streets and alleys named after them
Usually those streets were dead end streets
One was in the back of a restaurant
Where the dishwasher would dump the garbage
And I was the dishwasher
Another one was in an alleyway
Where drunks would piss
And trucks would pull up
To deliver hysterical chickens

But anyway
Being the poet laureate of nothingness
I should make a little speech
Just to kind of inaugurate myself
But my mother
Wants to turn back
And since I left the womb
I have also had the desire recently
To turn back
But how can you turn back
To the nothingness
Of the womb of your dead mother

Now, I don't want to end my poem
On such a lonely statement
As though I were speaking to strangers
Who had no love of nothingness

Seit Jahren bin ich neidisch
Wenn nach meinen toten Lieblingsdichtern
Straßen oder Wege benannt werden
Meist waren es Sackgassen
Eine lag hinter einem Restaurant
Wo der Tellerwäscher immer den Abfall auskippte
Und dieser Tellerwäscher, das war ich
Dann gab es eine
Wo gern Besoffene hinpinkelten
Oder Lastwagen vorfuhren
Und hysterisch gackernde Hühner anlieferten

Wie dem auch sei
Als Hofdichter des Nichts
Sollte ich zu meiner Amtseinführung
Eine kurze Rede halten
Doch meine Mutter
Möchte nun lieber zurück
Und auch ich, der ich einst
Den Mutterleib verließ
Spüre neuerdings die Sehnsucht
Nach einem Zurück
Aber wie kehrt man zurück
Zu dem Nichts
Im Mutterleib seiner toten Mutter

Doch will ich mein Poem nicht beschließen
Mit so einem trostlosen Statement
Als spräche ich zu Fremden
Denen das Nichts ein Graus ist

I know you are out there somewhere
And it is to you
That I dedicate this poem
And impose a brief silence
In honor of my mother
Who is waiting for her son
To come home.

Ich weiß, irgendwo da draußen seid ihr
Und euch widme ich
Dieses Gedicht
Und bitte um eine Schweigeminute
Zu Ehren meiner Mutter
Die auf die Heimkehr
Ihres Sohnes wartet.

THE LEAD SOLDIER
For J.M.

Mulligan sat in Mario's café.
He was at the corner table.
Facing the window.
Looking out at the park.
He took a yellow lead pencil
Out of the left hand pocket
Of his sport jacket.
He took a red pencil sharpener
Out of the right hand pocket.
The cafe was full.
Apart from an empty chair
Across from him.
It stayed empty.
The owner of the cafe
Was dead.
That seat was reserved.

The wife of the owner
Was behind the bar.
One of the customers walked up
To her and said:
"Why don't you get that dead guy out of here.
He's bad for business"
Muriel had a sweet tooth
For lost souls.

DER BLEISOLDAT
Für J.M.

Mulligan saß in Mario's Café.
Er hatte den Ecktisch
Gegenüber vom großen Fenster
Mit Blick auf den Park.
Aus der linken Tasche
Seiner Sportjacke
Zog er einen gelben Bleistift
Und aus der rechten Tasche
einen roten Bleistiftspitzer.
Das Café war voll besetzt
Bis auf den leeren Stuhl
Ihm gegenüber.
Der blieb frei.
Der Besitzer des Cafés
War gestorben.
Es war sein Ehrenplatz.

Die Frau des Besitzers
Stand hinterm Tresen.
Einer der Gäste ging
Zu ihr hin und sagte:
„Wieso setzt du den Toten dort
Nicht endlich vor die Tür
Der vergrault bloß die Gäste."
Muriel hatte eine Schwäche
Für verlorene Seelen.

She was Scottish herself
She shared a bed with Mulligan
One night in the hotel down the street
She had told him one night was enough.
She didn't like to be
Tied down to anything.
She would laugh when she
Told him that.
He had tied her to a bedpost.
It wasn't bad.
It just wasn't what she wanted.
They were still friends.
He would sit staring out the window
Twisting the slender yellow limb of the pencil
Into the sharpener.
His piercing inflamed eyes
Studying the shavings
As they were lowered
Like a rope
On a rescue mission
Into the arms
Of his friend
Who he shot
To put out of his misery
In Nam.

Sie war ebenfalls Schottin
Und hatte mal eine Nacht
Mit Mulligan verbracht
Im Hotel ein paar Häuser weiter
Und fand: Eine Nacht war genug.
Sie wollte in keiner Weise
Gebunden sein
Und sie lachte
Als sie ihm das sagte.
Er hatte sie
An den Bettpfosten gefesselt.
Es war nicht schlecht
Aber nicht so ganz ihr Ding.
Sie blieben Freunde.
Er saß da und starrte aus dem Fenster
Und drehte den gelben Bleistift
Im roten Spitzer.
Der stechende Blick seiner rotgeränderten Augen
Fixierte die Spirale der Späne
Die aus dem Spitzer
Sich abwärts senkte
Wie das Seil
Bei einem Rettungseinsatz
Hinab in die Arme
Seines besten Freundes
Den er damals in Nam
Erschießen mußte
Um seinem Leiden
Ein Ende zu setzen.

DON'T GO LOOKING FOR A POEM BY ME

Don't go looking for a poem by me

Go look for your shoes at the scene of the crime
Go find the body that's hiding under the bed
Go outside and see if someone is trying to set fire to the building
Go walk to the ocean and help drag people out of the water
Go to the bus station and ask when your mother is planning
    to return

Don't go looking for a poem by me

Look at the constellations in the sky that confirm your
    deepest fears
Look for the scattered wings of angels that have lost their nerve
Look at the nervous hands of surgeons when taking organs
out of a body that refuses to give up the ghost
Search your mind for the beaten dog whimpering for its
    master's return
Search your heart for the voice you have lost in the
    crowd

Don't go looking for a poem by me

Go to the graveyards if you need scenic vistas and a place
    to catch your breath
Go to the churches, pull the poor fools up from their knees
    and bring them back on their feet

SUCH NICHT NACH MEINEN GEDICHTEN

Such nicht nach meinen Gedichten

Such lieber deine Schuhe am Tatort
Schau nach dem Wesen das sich unterm Bett versteckt
Schau nach ob draußen gerade jemand das Haus anzünden will
Lauf ans Meer und hilf Menschen an Land ziehen
Geh zur Bushaltestelle und frag nach wann deine Mutter
    ankommt

Such nicht nach meinen Gedichten

Sieh die Sternbilder am Himmel, die deine schlimmsten
    Ängste bestätigen
Such die verwehten Flügel mutlos gewordener Engel
Sieh, wie nervöse Chirurgenhände einem Körper Organe
    entnehmen, der sich weigert den Geist aufzugeben
Denk an den geprügelten Hund, der sich winselnd nach
    der Rückkehr seines Herrn sehnt
Such in deinem Herzen nach der Stimme, die in der Menge
    verschwand

Such nicht nach meinen Gedichten

Geh auf Friedhöfe wenn du verschnaufen willst vor einer
    malerischen Aussicht
Geh in die Kirchen und hilf den armen Narren die dort knien
    auf die Beine

Go to the hospitals that have been targeted by the enemy
    and take the patients out of the sea of blood
Go to the voting booths and pick up used cartridge shells
    scattered on the ground
Go to the stadiums and look for the underground dungeons
    while another goal is being scored

Don't go looking for a poem by me

The shelter is closed and I am not letting you in
The boat is sinking and nobody taught you how to swim
The lights have gone out and there is no one left to turn
    them on
The heart is broken and you ask for another one
Your were invited here to identify your daughter
    or son

Don't go looking for a poem by me

Write the excuse why you couldn't walk up to the
    blackboard at school
In front of the class that scattered after the gun went off

Geh in die bombardierten Spitäler und hol die Patienten
　　aus dem Meer von Blut
Geh zu den Wahlkabinen und sammle am Boden liegende
　　Patronenhülsen auf
Geh in die Arenen und such nach unterirdischen Verliesen
　　während man das nächste Tor schießt

Such nicht nach meinen Gedichten

Der Schutzraum ist dicht und ich lass dich nicht rein
Das Boot sinkt und du hast nie schwimmen gelernt
Alle Lichter sind aus und keiner mehr da, der sie
　　einschalten könnte
Das Herz ist gebrochen und du hättest gern ein neues
Man hat dich hergebeten, um deinen Sohn oder deine
　　Tochter zu identifizieren

Such nicht nach meinen Gedichten

Schreib dir eine Entschuldigung, warum du es nicht
　　zur Tafel schafftest
Vor den panischen Schulkindern, als die Schüsse fielen

IN THE ETERNAL CINEMA

I take my vacations
In places
I don't normally visit
I am not satisfied
To go to dream locations
At the moment
I must actually
Inhabit these locations
Where I entertained
In the most robust sense
All of my sensual
And erotic
And disturbing existential dramas
Always good for a laugh
In-between bouts
Of severe dark brooding tantrums
You could say
Immature you might add
And yet
For entertainment purposes
Nothing surpasses
These vacation resorts
And though
I am content
On these carefree journeys
That are best experienced
When pawing over

KINO OHNE ENDE

Ich mache Ferien
An Orten
Die ich sonst nie aufsuche
Die üblichen Traumziele
Locken mich nicht
Im Moment
Muss ich einfach
An jenen Orten weilen
Wo ich einst unbeirrt
All meine sinnlichen
Und erotischen
Und verstörenden existenziellen Dramen
Zum Besten gab
Immer amüsant
So könnte man sagen
Als Pausenfüller
Zwischen periodisch auftretenden
Düster brütenden Trotzanfällen
Unreif, könnte man hinzusetzen
Und dennoch übertrifft
Nichts auf der Welt
Den Unterhaltungswert
Dieser Ferienorte
Und obschon ich auf
Meine Kosten komme
Auf diesen unbeschwerten Reisen
Die man vorzugsweise erlebt

Notebooks in boxes
In the end
I know the best
Will be saved for last
When I
And only I
See and live
What I never
Had the courage
To understand
Right before my dying eyes
Ineffable beauty
Where light gives substance
To all the forms
Of desire and intrigue
Where I will embark
On new adventures
With all of those loved ones
Who can't wait
To join me
In the eternal cinema

Beim Befingern alter Notizbücher
Die in einer Kiste ruhen
Weiß ich dennoch
Das Beste kommt
Ganz zum Schluss
Wenn ich
Und nur ich
Sehe und erlebe
Was ich nie den Mut hatte
Ganz zu begreifen
Die unbeschreibliche Schönheit
Vor meinem sterbenden Auge
Wenn das Licht einer jeden Form
Von Sehnsucht und Kabale
Substanz verleiht
Wenn ich aufbreche
Zu neuen Abenteuern
Mit all jenen die mir nahe sind
Und nur zu gern
Mir Gesellschaft leisten
Im Kino ohne Ende

THE WAVES

The waves … Put the waves on.
I can't find it.
I told you when the time came to put them on.
I know you did. I just don't know where I put it.
How can you lose a goddamned ocean? What did I
    say?
You said when the time came I should put the waves on.
So where are they?
I told you I don't remember where it is.
I labeled all the CDs. The boxes. I told you your loss of
    memory was going to come back and haunt you.
*I remember that night. How could I forget? You act like
    you don't remember*
I remember. The waves were coming in. I had my mouth
    on your mouth
You had your hands on both sides of my face. The waves
    swept over our legs. The bottle of wine fell in the
    sand. We could have laughed ourselves to death.
I remember now where I put it.
Where?
In the basement.
What are the waves doing in the basement? The time it
    takes you to get it, it will be too late. Just do it then.
Do what?
Make the sound.
How am I going to do that?
Don't ask me …just try.

DIE BRANDUNG

Die Brandung … schieb doch mal die Brandung rein.
Ich find sie nicht.
Ich hab dir doch gesagt, wann es Zeit wird, die reinzutun.
Ja, hast du. Ich weiß bloß nicht, wo ich sie hingetan hab …
Wie kannst du einen gottverdammten Ozean verlegen? Was hab ich dir gesagt?
Du sagtest, wenn es soweit ist, soll ich die Brandung einlegen.
Und wo bleibt die?
Ich sag dir doch, ich weiß nicht, wo sie ist.
Ich hab alle CDs etikettiert! Und die Hüllen. Hab's dir ja prophezeit, dass dir dein Gedächtnisschwund noch mal zu schaffen machen wird.
Ich erinner ich mich gut an jenen Abend. Wie könnt ich den vergessen? Man könnt ja glauben, du wüsstest es nicht mehr …
Ich weiß es noch genau. Die Brandung kam rein … Ich hatte meine Lippen auf deinen. Deine Hände lagen auf meinem Gesicht … Die Wellen schwappten um unsere Beine. Die Weinflasche fiel in den Sand. Wir hätten uns beinah totgelacht.
Jetzt fällt mir ein, wo ich sie hingetan hab.
Wo denn?
Die liegt im Keller.
Was hat die Brandung im Keller zu suchen? Bis du sie raufgeholt hast, ist es zu spät. Tu es jetzt einfach!
Tun? Was denn?
Mach jetzt diesen Sound.
Wie denn?
Frag mich nicht … versuch's einfach, los!

SOLD UNDER THE COUNTER (WHILE THEY LAST)

Last words from a dying man to a loved one (sent third class)
A statement from your mother why you weren't in school
A set of stainless steel knives (only one missing from the set)
A few useless phrases in case of an emergency
A prayer book with the pages shit stained
A chain with a missing link still wrapped around someone's throat
A map of the city before they changed all the street names
A face you can turn to when you refuse to wake up
The whip of De Sade still beating his willing wife
A pair of lovebirds torn apart
A handful of threatening remarks for a rainy day
Surgical instruments worn to the bone
A sealed envelope held firmly in a bride's nervous hands
A winning pair of dice left rattling in a dead man's fist
A look of horror that time will not erase
An act of mercy for a limited time only (at a price too good to be true)
A portrait of Lenin done by a socialist painter in a shaky hand

NUR UNTERM LADENTISCH (SOLANGE VORRAT REICHT)

Letzte Worte eines Sterbenden an die Geliebte (unzureichend
frankiert)
Eine Entschuldigung von deiner Mutter für dein Fehlen im
Unterricht
Ein kompletter Satz Edelstahlmesser (nur eins fehlt)
Ein paar sinnlose Sprüche für den Notfall
Ein Gebetbuch mit Kotflecken auf den Seiten
Eine Kette mit fehlendem Glied, noch um jemandes Hals
geschlungen
Ein Stadtplan, bevor sämtliche Straßennamen geändert wurden
Ein Gesicht, dem sich zuwenden kann, wer nicht aufwachen mag
Die Peitsche von de Sade, die immer noch seine empfängliche
Gemahlin versohlt
Zwei Unzertrennliche aus getrennten Pärchen
Eine Handvoll bedrohlicher Äußerungen für einen Regentag
Ein Operationsbesteck, schartig und stumpf
Ein verschlossener Umschlag, fest in den Händen einer
nervösen Braut
Zwei klappernde Würfel, die gewonnen hätten, in der Faust
eines Toten
Ein erschrockenes Gesicht, dem die Zeit nichts von seinem
Schrecken nimmt
Ein Gnadenakt, nur befristet gültig (der Preis zu gut, um wahr
zu sein)
Ein Leninporträt, ausgeführt von der zittrigen Hand eines
sozialistischen Malers

A wide selection of body parts floating face
    down in formaldehyde under a doctor's
    dining room table in Berlin
A few scattered leftovers from a feast in a famine
A hope chest worth its weight in dust and flies
Some valuable medicine for a young woman in
    Odessa that I threw away
A complete set of Holy Communion soldiers still
    sealed in a plastic bag
Sandwiches, a cookie and an apple in a child's
    lunch pail that never made it home from
    school
A face saving mask dangling on a string just out
    of reach
A few wasted words to the wise
A sarcastic remark for those still young at heart
A few sacred books held together by a few dirty
    lines
The collected jokes of a traveling salesman
An open box of blind folds in a wide selection of
    fading colors
Famous last words protected by copyright from
    the authorities
A stick in the ground where a man used to be
    proclaiming all men equal

Ein Sortiment von Körperteilen, unterm Esstisch eines Berliner
  Arztes in Formaldehydlösung dümpelnd
Reste von einem Fressgelage während einer Hungersnot
Eine Aussteuertruhe, die nicht mit Staub und toten Fliegen
  aufzuwiegen ist
Ein teures Medikament für eine junge Frau in Odessa, das ich
  achtlos wegwarf
Ein Plastikpack mit Soldatenfiguren als Kommunionsgeschenk,
  noch ungeöffnet
Ein Schulbrot und der Apfel in der Lunchbox eines Schulkindes,
  das nie nach Hause kam
Eine Maske, mit der man das Gesicht wahrt, knapp außer
  Reichweite an ihrer Schnur baumelnd
Ein paar überflüssige Ratschläge für Leute, die immer alles
  besser wissen
Eine sarkastische Bemerkung für die ewig Junggebliebenen
Ein paar heilige Bücher, zusammengehalten von einer
  Handvoll Zoten
Die Witzsammlung eines Handelsvertreters
Eine offene Schachtel voller Augenbinden in einer breiten
  Auswahl verblasster Farben
Berühmte letzte Worte, per Copyright vor Behördenzugriff
  geschützt
Ein Stock, in den Boden gerammt an der Stelle, wo jemand
  verkündete, alle Menschen seien gleich

DOING GOD'S WORK

A & B: *Two middle-aged guys, down on their luck, that ransack empty houses in the Detroit area.*
C: A *man in the house*

A: The house still got windows. You think there is somebody living in it?
B: I don't know. Maybe we should go across the street and ask one of the neighbors.
Barking dogs in the distance
A: Sounds like wolves or something. The woods around here ain't safe anymore.
B: Go ahead and ring the bell.
A: What bell?
B: Bang on the door.
A bangs on the door
C *from inside*: Wait a goddamn minute.
Door opens
C: Who are you? What do you want?
A: Want?
C: Don't tell me the government sent you.
A: No, we ain't workin' for nobody. I mean we're self-employed.
C: What kind of work you boys do?
A: We go around looking for houses that people walked out on. Or got carried out of.
C: That ain't work. That's scavenging.
B: We ain't thieves Mister.

GOTTES WERK

A und B: *Zwei abgehalfterte Typen mittleren Alters, die im Stadtgebiet von Detroit verlassene Häuser plündern*
C: *Ein Hausbewohner*

A: Hier sind noch alle Scheiben drin. Meinst du, da wohnt noch jemand?
B: Keine Ahnung. Vielleicht sollten wir mal rübergehn und die Nachbarn auf der andern Straßenseite fragen.
In der Ferne Hundegebell
A: Hört sich nach Wölfen an, oder. Hier in den Wäldern ringsum ist man nicht mehr sicher.
B: Na los, drück schon auf die Klingel.
A: Wenn's eine gäbe ...
B: Dann klopf an die Tür.
A hämmert an die Tür
C *hinter der Tür*: Augenblick, verdammt noch mal.
Tür wird geöffnet
C: Wer seid ihr? Was wollt ihr?
A: Wir wollen nichts.
C: Erzählt mir bloß nicht, ihr kommt von irgend 'ner Behörde.
A: Nee, wir arbeiten für keinen. Ich meine, wir sind selbständig.
C: Und in welcher Branche?
A: Wir halten Ausschau nach Häusern, die von Leuten verlassen wurden. Oder aus denen man sie rausgetragen hat.
C: Das ist keine Arbeit. Das ist Plünderei.
B: Wir sind keine Diebe, Mister.

C: No, you aren't that dignified. Thieves are willing to take a risk. They can get shot when they enter somebody's house.
A: We don't enter nobody's house when they still living in it.
C: Even rats take a chance.
B: What are you trying to say Mister? Maybe you ought to come out and just say it.
C: I said it clear enough.
A: We were just wondering if anybody is still living across the street.
C: Who is anybody?
A: We just mean folks. Are they still living there or are they gone?
C: How should I know if people are gone or if they are still here or if they were here five minutes ago and just left and where they went. I'm not my brother's keeper. People come and go.
B: You live here!
C: You think I got nothing better to do than spy on my neighbors? You think I'm like you people? Scum. I mind my own business. I got my own worries. My own concerns.
A: So, you got nothing against us going over there and seeing what's inside?
C: You want to prowl around and trespass on people's property that's your business. You want me to sell you a license?
B: Look Mister, we don't want any trouble.

C: Nee, so ehrenhaft seid ihr nicht. Die gehn immerhin ein Risiko ein. Wenn so ein Spitzbub irgendwo einsteigt, kann's passieren, dass man ihn abknallt.
A: Wir betreten kein Haus, in dem noch Leute wohnen.
C: Selbst Ratten riskieren was.
B: Wie meinen Sie das, Mister? Vielleicht sollten Sie kein Blatt vor den Mund nehmen und es uns ganz offen sagen.
C: Ich hab mich klar und deutlich ausgedrückt.
A: Wir wüssten nur gern, ob hier gegenüber noch irgend jemand wohnt.
C: Was soll das heißen, irgend jemand?
A: Na, Leute eben. Wohnen da noch welche oder steht das leer?
C: Woher soll ich denn wissen, ob da einer ist? Ob das Haus leer steht, oder ob die vor fünf Minuten noch da waren und jetzt grad unterwegs sind, oder wo die hin sind? Ich bin doch nicht denen ihr Kindermädchen. Leute kommen und gehn!
B: Aber Sie wohnen doch hier!
C: Meint ihr vielleicht, ich hätt nix Besseres zu tun, als meinen Nachbarn nachzuspionieren? Meint ihr vielleicht, ich wär so 'ne Type wie ihr? Dreckspack! Ich kümmer mich um meinen eigenen Kram. Damit hab ich grad genug zu tun!
A: Dann haben Sie also nix dagegen, wenn wir uns da drüben mal umsehen und kucken, was dort noch drin ist?
C: Wenn ihr euch hier rumtreibt und in die Anwesen fremder Leute eindringt, dann ist das euer Bier. Soll ich euch vielleicht eine offizielle Erlaubnis ausstellen?
B: Hören Sie, Mister, wir wollen keinen Ärger.

A: We'll just be movin' along now.
C *Pulls out a pistol from under his shirt:*
Just when I was going to invite you boys in for a cup of coffee.
A: Yeah, a cup of coffee would really hit the spot.
B *in the kitchen:*
It's cold.
C: Things grow cold … after a while.
A: I mean, we got nothin' against cold coffee, I mean, you order ice coffee these days, they charge you more just for the ice.
C: So, how did you boys turn in to low life scum?
A: We lost our jobs over at the cement company and we're just tryin' to survive like everybody else.
C: Everybody else doesn't go breaking into houses.
B: We don't break in. People don't even lock the doors. Most times the doors already be gone. One time we found a car with the keys still in it with a note sayin': The brakes are gone but the engine is good. I can't afford the gas. If you can it's yours. Just drive it off the showroom floor.
A: We rip out the wiring. Copper pipes. Things like that. Anything we get our hands on.
C: You think I should just let you go on about your business, after you finished your coffee?
A: I don't see why not Mister, I mean, we don't hurt nothin' or nobody doin' what we do.

A: Wir gehn ja schon.
C *zieht unterm Hemd eine Pistole hervor:*
Dabei wollte ich euch gerade zu einer Tasse Kaffee einladen.
A: Yeah, eine Tasse Kaffee wäre jetzt genau das Richtige.
B *in der Küche:*
Der ist ja kalt.
C: Dinge werden kalt ... nach einer Weile.
A: Ich meine, wir haben nichts gegen kalten Kaffee. Ich meine, wenn man einen Eiskaffee bestellt, dann kostet das Eis ja sogar extra, oder.
C: Nun sagt mal, wie seid ihr zwei Jungs eigentlich zu so nichtsnutzigen Scheißkerlen geworden?
A: Wir haben unsern Job in der Zementfabrik verloren. Und wir versuchen einfach über die Runden zu kommen, wie alle andern auch.
C: Alle andern brechen aber nicht in fremde Häuser ein.
B: Wir brechen nicht ein. Die Leute schließen ja nicht mal ab. Es kommt vor, dass es da gar keine Haustür mehr gibt. Ja, also einmal stand da so 'n Auto mit dem Schlüssel im Zündschloss. Und es gab einen Zettel, auf dem stand: Die Bremsbeläge sind hin, aber der Motor läuft. Kann mir keinen Sprit mehr leisten. Wenn Sie Geld für Sprit haben, gehört das Auto Ihnen. Fahren Sie es einfach aus dem Laden hier raus.
A: Wir reißen die Leitungen raus. Kupferrohre und sowas. Was uns eben in die Hände fällt.
C: Und ihr meint, ich soll euch einfach so weitermachen lassen, wenn ihr mit dem Kaffee fertig seid?
A: Ich weiß nicht, was dagegen spräche, Mister. Was wir tun, schadet keinem, und wir tun auch keinem was zuleide.

C: You don't help nothing or nobody either. You boys believe in God?
B: We do, we grew up that way, God fearing. Our mamas put the fear of the Lord in us.
C: What would your God think of you?
A: He'd think we were just doin' what we needed to do to survive.
C: You think he'd enjoy seeing you two sneaking around on other people's property, going into their bedrooms, their drawers, finding letters they wrote, maybe love letters, sniffing around in people's underwear, doctor's bills, bank statements …
B: Look Mister, we'll leave, we'll go like we was never here.
C: If you guys like sniffing around, why don't you go upstairs?
Watch your step … it's a little slippery …
A: I'm afraid I don't know what you mean?
C: I mean have a look upstairs … see what you find.
We hear heavy footsteps going up the stairs. Silence. Sound of a door being slammed and footsteps dashing down.
C: FREEZE! See anything interesting?
A and B scarred stiff
B: Look, we don't want no trouble, like we said.
A: Mister, we didn't see nothing'.
C: You didn't see my wife? Is that what you're saying? My kids? You didn't see anything?
A & B remain frozen

C: Ihr tut aber auch nichts Gutes oder irgendwie Nützliches. Glaubt ihr eigentlich an Gott?
B: Tun wir. Wir sind so erzogen ... gottesfürchtig. Unsere Mamas haben uns Gottesfurcht beigebracht.
C: Was würde euer Gott wohl von euch halten?
A: Er würde sich sagen, die beiden tun das, um nicht zu verhungern.
C: Ihr glaubt also, den würd es freuen, mit anzusehen, wie ihr auf fremder Leute Anwesen rumschleicht, bei denen im Schlafzimmer rumgeistert und in Schubladen stöbert, Briefe findet, womöglich Liebesbriefe, wie ihr in der Unterwäsche fremder Leute rumschnüffelt, in ihren Kontoauszügen und Arztrechnungen ...
B: Hören Sie, Mister, wir gehn jetzt mal. Wir verschwinden von der Bildfläche, als seien wir nie hiergewesen.
C: Wenn ihr zwei so gerne rumschnüffelt, wieso geht ihr nicht mal hier die Treppe hoch? Vorsicht ... es könnte ein bisschen rutschig sein ...
A: Ich schätze, ich weiß nicht, was Sie meinen?
C: Ich meine, schaut euch doch mal um da oben ... seht mal, ob ihr was findet.

Man hört schwerfällige Schritte die Treppe hinaufsteigen. Dann Stille. Eine Tür wird zugeworfen, Schritte poltern hastig abwärts.
C: HALT! Irgendwas Interessantes entdeckt?
A und B starr vor Schreck
B: Hören Sie, wir sagten ja schon, wir wollen wirklich keinen Ärger.
A: Mister, wir haben nichts gesehn!
C: Im Ernst? Nichts von meiner Frau gesehn? Den Kindern? Ihr habt nichts gesehn?
A und B stehen wie versteinert da

MINE DID

You know what I found?
No. What did you find?
I found a real live dead body.
That's all?
No. I found love.
Now you're talking.
You never forget a dead body that you discovered. You fall in love and it stays alive in your heart for the rest of your life. It all happened on the same day.
I know your problem. You thought finding a body was a once in a lifetime thing. You made it personal. You said: This is my body. It belongs to me. You dragged it out of the lake. You fell in love and thought you were the only person on earth to fall in love.
I stood staring at that black body. Face down in the water.
You didn't see the face?
The cops turned him on his back, but I don't remember his face.
All right. That's fair enough. You can put a face on it.
I don't need to put a face on it.
Put a name to it.
It was in the paper. I found out the next day he was a suicide.

MEINE SCHON!

Weißt du, was ich gefunden hab?
Nee. Was denn?
Eine echte Leiche!
Das ist alles?
Nein! Ich habe die Liebe gefunden!
Schon besser.
Wenn man eine Leiche gefunden hat, dann kommt man von der nicht mehr los! Du verliebst dich, und diese Liebe bleibt in deinem Herzen ein Leben lang lebendig. Beides ist mir am selben Tag passiert.
Ich weiß, was du meinst. Du dachtest, eine Leiche findet man nur einmal im Leben. Du nahmst das persönlich. Du hast dir gesagt: Das hier ist meine Leiche. Die gehört mir allein. Schließlich hast du sie ja entdeckt! Du hast dich in sie verknallt und gedacht, du bist der einzige Mensch auf der Welt, der sich verknallt.
Ich stand da und starrte auf diese schwarze Leiche. Wie sie da mit dem Gesicht nach unten im Wasser trieb.
Ihr Gesicht hast du nicht gesehn?
Die Cops haben den Kerl dann auf den Rücken gedreht. Aber ans Gesicht kann ich mich nicht erinnern.
Aha. Na gut. Du kannst ihm ein Gesicht zuordnen.
Ich muss ihm kein Gesicht zuordnen.
Ihm einen Namen zuordnen.
Stand in der Zeitung. Am nächsten Tag las ich dann, das war ein Selbstmörder.

You're hanging on a body like a coat on a clothes hanger. You've got to let it go. You're getting too old to live off the dead.

No, it's part of the story.

A love story does not have to have a dead body in it.

Mine did!

Also, du hängst ja an dieser Leiche wie die Jacke auf dem Bügel! Du musst hier einfach mal loslassen können. Du wirst allmählich zu alt, um dich an Leichen hochzuziehn.
Nee, die gehört zur Story.
Eine Love Story braucht doch keine Leiche.
Meine schon!

OF THE VIOLENCE TO COME

In the nightmare
There is an ambulance siren
There is the screeching of tires
There is the slamming of a gate
There are loud voices
They are coming
And I know why they are coming

I am hiding under the bed
I have a two transistor radio
I am listening to the news
Someone has been shot

I have a photograph of my mother
When she was a young girl
I have a handful of marbles
I have a bracelet around my ankle
The kind they monitor criminals with
I smell smoke

The yelling gets louder
I am wrapped in plastic
Needles are piercing me
I smell the fear of the first day at school
My mother's voice says come on out
And I stretch my arms

DIE GEWALT, DIE NOCH KOMMT

In dem Albtraum
Gibt es die Sirene einer Ambulanz
Gibt es quietschende Reifen
Gibt es ein Tor, das zugeschlagen wird
Gibt es laute Stimmen
Die näherkommen
Und ich weiß warum

Ich verkriech mich unterm Bett
Ich hab ein Transistorradio
Ich hör Nachrichten
Jemand wurde erschossen

Ich hab ein Foto von meiner Mutter
Als junges Girl
Ich hab eine Handvoll Murmeln
Und am Fuß eine elektronische Fessel
Zur Überwachung von Straftätern
Ich rieche Rauch

Die Stimmen werden lauter
Ich bin in Plastikfolie gewickelt
Mich pieksen Nadeln
Ich rieche wieder die Angst
Wie damals am ersten Schultag
Meine Mutter sagt: Komm raus da
Und ich streck meine Arme

Out of my shirt
And the plastic is ripped open
And now my neck is free

Now it's the voice of a soldier
He says come on out
There is no place left to hide
And I pretend I am dead
That is always the best thing to do
Pretend to be dead
And they will leave you alone

Now the barking dogs are in the house
The voices are calling my name
Telling me
That it is my turn

I am supposed to count to ten
I am supposed to claim a body
And it is my body
And I say
I have never seen it before
Have you seen it
I ask the man who is staring at me
And he says
Get out of there
It's over
And I say
What is over
He says

Aus dem Hemd
Die Plastikfolie zerreißt
Und jetzt ist mein Hals frei

Nun ist die Stimme eines Soldaten zu hören
Er ruft: Kommen Sie raus
Das Versteckspiel ist zu Ende
Und ich stell mich tot
Das ist immer am besten
Stell dich tot
Und sie lassen dich in Ruh

Jetzt sind die bellenden Hunde im Haus
Die Stimmen rufen meinen Namen
Sie sagen
Nun liegt es an mir

Ich soll bis zehn zählen
Ich soll jemand vor dem Schlimmsten bewahren
Und zwar mich selbst
Und ich sage
Wer soll denn das sein
Wissen Sie es vielleicht
Frag ich den Mann, der mich anstarrt
Und er sagt
Kommen Sie heraus
Es ist vorbei
Und ich sage
Was denn
Er sagt

The riot is over
And I say
You don't understand
This is just the beginning
And he asks of what
And I say
Of the violence to come …

Der Krawall ist vorbei
Und ich sage
Sie haben keine Ahnung
Das ist bloß der Anfang
Er fragt: Von was denn
Und ich sage
Von der Gewalt, die noch kommt

PORNOGRAPHY

He comes back from school
His mother is still at work
He doesn't know where his father is
Maybe his father is passed out drunk on some street
He climbs up to the highest shelf in the kitchen cupboard
He reaches with his hands into a wooden crate behind the canned goods
He grabs hold of a paperback book
He takes the book into the bathroom
He stands on the bathtub and lifts up the window
He sees his father sitting on the garbage can
Behind the garage
He has a little girl on his knees
He is running his hands under her dress up her legs
He closes the window
Places the book back into the wooden crate
Like nothing happened.

PORNOGRAFIE

Er kommt von der Schule heim
Die Mutter ist noch auf der Arbeit
Er weiß nicht wo sein Vater steckt
Liegt wohl irgendwo besoffen in der Gosse
Er steigt hinauf zum höchsten Bord des Vorratsschranks
Tastet nach der Steige hinter den Konserven
Kriegt ein Taschenbuch zu fassen
Mit dem verschwindet er im Badezimmer
Stellt sich auf die Badewanne und öffnet das Fenster
Sieht draußen seinen Vater sitzen
Auf der Mülltonne
Hinter der Garage
Hat ein kleines Mädchen auf den Knien
Schiebt ihm gerade die Hand unters Kleidchen
Er schließt das Fenster
Legt das Buch zurück in die Steige
Als sei nichts geschehen.

THE FREEWAY ON-RAMP

I don't think he's going to like this.
Like it or not, we're going to get him out of there.
You think he's still there?
Where do you think he is?
Well, I mean, there is a reason why he sleeps
    under the freeway.
Of course there is a reason. Shelter is the reason.
It's more than just shelter.
What do you mean?
That freeway on-ramp …
What about it?
It's the freeway he takes.
Where?
To where his mother is buried.
How do you know that?
He told me once.
You never told me.
I must have forgotten … Anyhow, when he's not
    here, he's probably there, according to Dave.
I thought Dave was dead.
Not yet … but the way he's living it won't be long.
When did you see him last?
I can't remember … Anyhow, Dave told me he
    stands on that freeway ramp every morning
    with a sign that says: Daly City Cemetery.
    Mom.
You're kidding.

AN DER FREEWAY-AUFFAHRT

Ich denke, er wird das nicht mögen.
Ob ihm das passt oder nicht, wir holen ihn da raus!
Du meinst, der ist immer noch dort?
Wo soll er denn sonst sein?
Also ich denk mal, er wird schon einen Grund haben, unter dem Freeway zu pennen.
Klar gibt's da einen Grund. Man ist einigermaßen geschützt.
Da ist noch was andres.
Was denn?
Diese Auffahrt ...
Was ist mit der?
Na, diesen Freeway nimmt er doch immer ...
Wohin denn?
Dorthin, wo seine Mutter begraben ist.
Woher weißt du das?
Hat er mir mal erzählt.
Davon hast du mir nie was gesagt.
Hab's vermutlich vergessen ... Jedenfalls, wenn er hier nicht anzutreffen ist, dann ist er vermutlich dort, zumindest laut Dave.
Ich dachte, Dave wär tot.
Noch nicht ganz ... aber so wie der lebt, kann's nicht mehr lange dauern.
Wann hast du ihn das letzte Mal gesehn?
Weiß ich nicht mehr. Jedenfalls hat mir Dave erzählt, dass er jeden Morgen an dieser Auffahrt zum Freeway steht. Mit einem Schild, auf dem immer das gleiche steht: Daly City Cemetery. Mom.
Jetzt verarschst du mich.

No, I'm not. If you ask me, he looks like somebody no mother could love. But according to Dave he usually gets picked up.
Does Dave spend the night out there with him?
Dave goes and visits his box every evening to make sure nobody steals anything.
What has he got worth stealing?
I see a problem. I'm not so sure he is going to accept the room we found for him.
Why not?
It's the location.
What about it?
Didn't you read the latest information sheet we got?
I don't read those sheets anymore.
Well, you ought to. What it says is that new housing is going up down by the shipyards at The Point.
Where he grew up?
That's right, and you know what?
What?
They are within walking distance of the shack he grew up in. It's still there.
You think that is going get him to leave his cardboard home?
It might. It might help to integrate him better with his past when he can walk through the old neighborhood again. Maybe some people still living there remember who he is …

Nee, echt. Also wenn du mich fragst, sieht er ja nicht grad
aus wie einer, den die Mütter dieser Welt sofort ins Herz
schließen. Aber laut Dave nimmt ihn jedes Mal jemand mit.
Verbringt Dave etwa die Nacht mit ihm da draußen?
Dave schaut abends immer an seiner Pappdeckelkiste vorbei,
um zu checken, dass niemand was klaut.
Was hat der denn, was sich zu klauen lohnen könnte?
Du, ich seh da ein Problem. Ich bin mir nämlich gar nicht so
sicher, ob ihm die Bude gefällt, die wir für ihn aufgetan
haben.
Wieso?
Wegen der Lage.
Wieso das denn?
Hast du nicht das letzte Info gelesen, das reinkam?
Die Dinger les ich gar nicht mehr.
Solltest du aber. Dort stand nämlich, dass neben dem
Werftgelände am Point neue Mietwohnungen gebaut
werden.
Da, wo er aufgewachsen ist?
Richtig. Und weißt du was?
Nee?
Die werden dann in Laufweite der Hütte stehn, wo er
aufgewachsen ist. Diese alte Bruchbude, die steht da
immer noch.
*Du meinst, das könnte ihn dazu bringen, seinen alten
Pappkarton zu verlassen?*
Schon möglich. Es könnte helfen, ihn mit seiner Vergangenheit
zu versöhnen, wenn er dort wieder durch die alte
Nachbarschaft latschen kann. Vielleicht wohnen da ja noch
ein paar Leutchen, die ihn von früher kennen …

Who he was ... Look, if he liked that place so much why on earth did he go all the way across the ocean and end up living with the enemy.
How do you mean, the enemy?
He was living for years in the Soviet Union.
There he is on the on-ramp ...
It's too late. A car just pulled up
It's all right. Let him see his mother today.

Die wissen, wer das ist? Hör mal, wenn es ihm dort so gut gefiel, warum zum Deibel ist er dann über den Atlantik rüber und hat sich bei unserm alten Feind angewanzt?
Wie, bei welchem Feind?
Er hat jahrelang in der Sowjetunion gelebt.
Da steht er ja ... an der Auffahrt!
Zu spät ... es hält schon einer, der ihn mitnimmt.
Na schön. Dann soll er heut mal seine Mom besuchen.

WHY THIS ROAD?

Cop: You got out of the car?
Suspect: Yes, I did sir.
Cop: You don't know why you got out of the car?
Suspect: No I don't sir.
Cop: You must have seen movies or police shows where a police officer stands outside of his car with his lights flashing. What does the suspect do?
Suspect: He rolls down his window and waits for the police officer to tell him what to do.
Cop: That's right. So, why did you get out of the car?
Suspect: I wasn't thinking. I was tired. My wife and I were hungry.
Cop: You carrying a gun?
Suspect: I'm a tourist.
Cop: Tourists don't carry guns, is that right?
Suspect: I don't know officer.
Cop: You been drinking?
Suspect: Coke.
Cop: Where you from?
Suspect: Germany.
Cop: I mean, originally.
Suspect: San Francisco.
Cop: Do people in San Francisco get out of their car when they are stopped by the police?
Suspect: I wasn't stopped sir. We were just sitting here.

WIESO AUSGERECHNET HIER?

Cop: Sie sind ausgestiegen?
Verdächtiger: Jawohl, Sir.
Cop: Gibt es einen Grund, warum Sie aus dem Auto kommen?
Verdächtiger: Nein, Sir.
Cop: Sie haben doch sicher mal im Film gesehn, wie ein Polizeibeamter neben seinem Streifenwagen mit eingeschaltetem Blaulicht steht. Was tut der Verdächtige in diesem Fall?
Verdächtiger: Er lässt das Seitenfenster runter und wartet, bis der Beamte ihm sagt, was er tun soll.
Cop: Richtig. Und warum sind Sie dann aus dem Auto gestiegen?
Verdächtiger: Ich hab da nicht lange überlegt. Ich war müde. Meine Frau und ich, wir hatten Hunger.
Cop: Tragen Sie eine Schusswaffe?
Verdächtiger: Ich bin Tourist.
Cop: Touristen tragen keine Schusswaffen, richtig?
Verdächtiger: Weiß ich nicht, Officer.
Cop: Haben Sie getrunken?
Verdächtiger: Ne Cola.
Cop: Woher kommen Sie?
Verdächtiger: Deutschland.
Cop: Ich meine, mit diesem Wagen hier.
Verdächtiger: San Francisco.
Cop: Steigen in San Francisco die Leute aus ihrem Auto, wenn Sie von der Polizei gestoppt werden?
Verdächtiger: Wir wurden nicht gestoppt, Sir. Wir saßen hier einfach nur im Auto.

Cop: Why this road?

Suspect: Like I said my wife and I were tired. Hungry. We stopped at Walmart and bought a chicken. You want to see it?

Cop: I know what a chicken looks like. Why this road?

Suspect: It just looked peaceful.

Cop: There are a lot of peaceful places around here. Rest stops with scenic views, parks, lakes, parking lots, places where people can rest, eat a chicken, why here?

Suspect: Like I said, it just felt like a quiet place.

Cop: Now, if you were living in that house over there and you saw somebody pull up in a big car with tinted glass and plant their ass in front of your face, a car you never saw before, and that car just stayed there what would you think?

Suspect: I don't know if I would think anything.

Cop: You would think something, you would say, honey, could you come here for a minute, there is a big car parked outside that I have never seen before and it's been there for sometime and I can't see who it is cause of the sun and the tinted glass …that's what you'd think, wouldn't you?

Suspect: I don't know.

Cop: Honey, you'd say, maybe we ought to call the police. Don't you think?

Suspect: Maybe they are just looking at a map. I'd think, maybe they were lost maybe they

Cop: Wieso ausgerechnet hier?
Verdächtiger: Wie gesagt, meine Frau und ich waren müde. Hungrig. Wir haben einen Stop beim Walmart eingelegt und uns ein Brathähnchen gekauft. Möchten Sie es sehen?
Cop: Ich weiß, wie ein Brathähnchen aussieht. Wieso ausgerechnet hier?
Verdächtiger: Es sah hier einfach friedlich aus.
Cop: Es gibt viele friedliche Orte in dieser Gegend. Rastplätze mit Panoramablick, es gibt Parkplätze an Seen und Parks. Lauter Orte, wo Leute sich ausruhen und ein Brathähnchen essen können. Warum hier?
Verdächtiger: Wie gesagt, es sah nach einem friedlichen Plätzchen aus.
Cop: Also, mal angenommen, Sie wohnen in diesem Haus da drüben und Sie sehn, wie jemand in einem großen Auto mit getönten Scheiben vorfährt und seinen Arsch genau vor Ihre Nase pflanzt, in einem Auto, das Ihnen noch nie begegnet ist, und das Auto steht da nun und fährt nicht mehr weg – was würden Sie dann denken?
Verdächtiger: Ich weiß nicht, ob ich mir da etwas denken würde.
Cop: Doch, das würden Sie. Und Sie würden sagen: Honey, komm doch mal kurz her, da draußen steht ein großes Auto, das ich hier noch nie gesehn hab, und das steht da jetzt schon eine ganze Weile. Man kann nicht sehn, wer drinsitzt, weil die Sonne blendet und das Auto getönte Scheiben hat … genau das würden Sie nämlich denken, oder?
Verdächtiger: Keine Ahnung.
Cop: Sie würden sagen, Honey, vielleicht sollten wir mal die Polizei anrufen. Oder nicht?
Verdächtiger: Ich würde denken, die haben sich möglicherweise verfahren, vielleicht brauchen sie Rat. Vielleicht kucken sie

needed help. I might even go outside and ask them if I can be of any assistance.

Cop: You forget what country we're in. They would think, that you could be burglars, or rapists, or murderers or all three. What are you doing here anyway?

Suspect: Doing? We're doing nothing. My wife and I … like I say … we're just tourists, we just wanted to come and visit the South.

Cop: Why?

Suspect: Why? I mean … just to see what things look like.

Cop: What what looks like?

Suspect: I don't know. Cotton fields, Magnolia trees, Sugar cane …Confederate graveyards …you know, meet the people …

Cop: Dead people?

Suspect: No sir, just people living around here.

Cop: What's so special about people here that you can't find where you come from?

Suspect: Nothing special officer, just friendly people.

Cop: Where you folks coming from today?

Suspect: We were over at the Rocket Center in Huntsville, and, like I say, we're just traveling around.

Cop: Why rockets?

Suspect: I don't know what you mean?

Cop: I am asking you what your interest in rockets is?

Suspect: I always was interested in space and well I …

bloß auf ihrer Straßenkarte nach. Vielleicht würd ich sogar rausgehn und sie fragen, ob ich weiterhelfen kann.
Cop: Sie vergessen, in welchem Land wir sind. Die Leute würden denken, dass es sich bei Ihnen um Einbrecher handeln könnte, oder Frauenschänder oder Mörder, oder alles zusammen. Was treiben Sie hier eigentlich?
Verdächtiger: Treiben? Wir treiben nichts. Meine Frau und ich ... wie gesagt ... wir sind bloß Touristen, wir wollten uns hier nur mal den Süden anschauen.
Cop: Wieso?
Verdächtiger: Wieso? Ich meine ... um zu sehen, wie es hier in der Gegend aussieht.
Cop: Wie was aussieht?
Verdächtiger: Weiß nicht, die Baumwollfelder, die Magnolienbäume, das Zuckerrohr ... die Konföderiertenfriedhöfe ... mal die Leute hier kennenlernen, wissen Sie ...
Cop: Die Toten?
Verdächtiger: Nein Sir, einfach die Leute, die hier leben.
Cop: Was ist denn so besonders an den Leuten hier, was die Leute dort, wo Sie herkommen, nicht haben?
Verdächtiger: Nichts Besonderes, Officer, wir wollten einfach nette Leute kennenlernen.
Cop: Und wo kommen Sie beide heute her?
Verdächtiger: Wir waren drüben im Rocket Center in Huntsville, und wie gesagt, wir reisen einfach herum.
Cop: Warum Raketen?
Verdächtiger: Ich versteh nicht, was Sie meinen?
Cop: Ich will wissen, weshalb Sie sich für Raketen interessieren.
Verdächtiger: Ich hab mich immer schon für den Weltraum interessiert, und, na ja, ich ...

Cop: Do you believe in God?
Suspect: I guess I don't know.
Cop: You guess what?
Suspect: I don't know.
Cop: So, you're an atheist?
Suspect: I didn't say that.
Cop: So, after visiting rockets you thought you'd pull over in front of somebody's house. Somebody you don't know from Adam, and sit there like you owned the place throwing chicken bones out the window.
Suspect: We weren't thinking I guess, officer, we were too tired to think, to drive, that's why we pulled over.
Cop: Why this road? You could have parked in the parking lot in Walmart. That's why they have parking lots. So people don't park on other people's property. I want to know why this road?
Suspect: It could have been any road officer, like I said.
Cop: It isn't just any road. It happens to be this road. (Spits and wipes what is left on his sleeve)
Cop: You been drinking?
Suspect: No, sir.
Cop: Let me see if I got this right ...you came all the way from Germany to visit us at the Rocket Center, and see the cotton fields and the sugar cane and talk to the people. Is that right?
Suspect: Yes sir.
Cop: You still haven't answered my question.

Cop: Glauben Sie an Gott?
Verdächtiger: Also, ich denke … ich weiß nicht.
Cop: Sie denken was?
Verdächtiger: Ich weiß es nicht.
Cop: Dann sind Sie also Atheist?
Verdächtiger: Das hab ich nicht behauptet.
Cop: Nach dem Raketenkucken dachten Sie also, jetzt parken Sie hier einfach mal bei irgendjemand vor dem Haus. Jemand, den Sie überhaupt nicht kennen, und dann sitzen Sie hier rum und schmeißen ihre Hühnerknochen aus dem Fenster.
Verdächtiger: Ich glaube, wir haben garnichts gedacht, Officer. Wir waren zu geschafft, um groß nachzudenken. Zu müde zum Weiterfahren. Deshalb haben wir angehalten.
Cop: Warum auf dieser Straße? Sie hätten genausogut auf dem Walmart-Parkplatz parken können. Dafür haben sie den nämlich. Damit Leute nicht auf fremder Leute Grund und Boden parken. Ich will das wissen, wieso ausgerechnet hier?
Verdächtiger: Wie gesagt, Officer, es hätte an jeder beliebigen Straße sein können.
Cop: Es ist aber keine beliebige Straße. Sondern diese Straße hier. (Spuckt auf den Boden und wischt sich dann mit dem Ärmel den Mund ab.)
Cop: Haben Sie getrunken?
Verdächtiger: Nein, Sir.
Cop: Hab ich das richtig verstanden? Sie kommen den ganzen Weg aus Deutschland hierher, um unser Rocket Center zu besuchen, die Baumwollfelder zu sehn und das Zuckerrohr, und mit den Leuten hier zu reden. Ist das richtig?
Verdächtiger: Jawohl, Sir.
Cop: Sie haben immer noch nicht meine Frage beantwortet.

Suspect: What question sir?
Cop: Why this road? Miss, did I tell you to get out of the car? Now, put your hands up, the both of you.
Suspect: She's from Germany, she don't know what's going on here.
Cop: She can speak English. I know they learn that over there. We taught them. My father told me. We taught them a lot of things. Their women I mean.
Suspect: Listen officer, my wife and I just want to go on driving today and see the countryside.
Woman: We can show you the chicken?
Cop: I told you I know what a godamned chicken looks like.
Suspect: Is there anything we can do? Can show you?
Cop: Are you trying to bribe me? Is that what you're trying to do? Do they bribe police officers in Germany? What should I do now?
Suspect: I don't know.
Cop: If you were in my position what would you do?
Suspect: I'd let us go. We didn't do anything. We didn't see nothing.
Cop: What do you mean?
Suspect: I don't mean nothing.
Cop: First you don't know nothing then you don't mean nothing and didn't see nothing. I asked you what you saw. You were sneaking around on that property over there. Spying is that right?

Verdächtiger: Welche Frage, Sir?
Cop: Wieso ausgerechnet hier? Miss! Habe ich Sie aufgefordert, aus dem Wagen zu steigen? Jetzt heben Sie die Hände, alle beide!
Verdächtiger: Sie ist Deutsche. Sie weiß nicht, wie das hier läuft.
Cop: Sie kann doch Englisch. Ich weiß, dass sie da drüben Englisch lernen. Haben wir ihnen beigebracht. Weiß ich von meinem Vater. Wir haben ihnen eine Menge beigebracht. Ihren Frauen, meine ich.
Verdächtiger: Hören Sie, Officer, meine Frau und ich, wir möchten heute einfach noch ein bisschen herumfahren und uns die Landschaft ansehen.
Frau: Wollen Sie unser Hähnchen sehen?
Cop: Ich sagte Ihnen schon, dass ich weiß, wie ein verdammtes Hähnchen aussieht.
Verdächtiger: Gibt es irgendwas, das wir für Sie tun können? Ihnen zeigen können?
Cop: Soll das ein Bestechungsversuch sein? Kommen Sie mir jetzt mit sowas? Macht man das so in Deutschland – man besticht Polizeibeamte? Was soll ich jetzt machen?
Verdächtiger: Ich weiß nicht.
Cop: Was würden Sie an meiner Stelle tun?
Verdächtiger: Ich würde uns laufen lassen. Wir haben nichts getan. Wir haben nichts gesehn.
Cop: Was wollen Sie damit sagen?
Verdächtiger: Gar nichts.
Cop: Sie behaupten, Sie wüssten nichts und Sie hätten nichts gesehn. Ich will wissen, wonach Sie Ausschau hielten. Sie sind auf dem Grundstück dort herumgeschlichen. Haben rumspioniert, stimmt's?

Suspect: No sir.

Cop: Are you a Peeping Tom?

Suspect: I told you …

Cop: You told me nothing. You saw something you shouldn't have seen.

Suspect: Sir, I don't know what's wrong here, and it's none of my business.

Cop: I said WHY THIS ROAD …OF ALL THE GODAMMED ROADS IN THIS COUNTRY …

Suspect: All we wanted to do was have something to eat and to take a rest …

Cop: You didn't think about the consequences?

Woman: What consequences officer?

Cop: Of your actions.

Woman: What actions?

Cop: All kinds of things happen inside cars. A lot of things that shouldn't be happening. Plans are made in cars. Criminal activity takes place in cars. Indecent behavior. Is that what you were engaging in Miss?

Woman: We were eating a chicken. I don't know how indecent that is.

Cop: You always drive around looking like that?

Woman: Looking like what?

Cop: Wearing next to nothing?

Woman: It's 40 degrees in the shade officer.

Cop: You carrying a gun Miss?

Woman: No sir.

Cop: Now, I'm going to ask you one more time. WHY THIS ROAD?

Verdächtiger: Nein, Sir.
Cop: Sind Sie ein Spanner?
Verdächtiger: Ich hab Ihnen doch gesagt …
Cop: Sie haben mir gar nichts gesagt. Sie haben sich etwas angesehn, das nicht für Ihre Augen bestimmt war.
Verdächtiger: Sir, ich weiß nicht, was an unserem Verhalten unrecht sein soll. Wir haben nichts verbrochen!
Cop: Ich frage Sie: WARUM AUF DIESER STRASSE … VON ALL DEN GOTTVERDAMMTEN STRASSEN IN DIESEM LAND …
Verdächtiger: Wir wollten doch nur etwas essen und eine Ruhepause einlegen …
Cop: Über die Konsequenzen haben Sie nicht nachgedacht?
Verdächtiger: Welche Konsequenzen, Officer?
Cop: Die Konsequenzen Ihres Handelns.
Verdächtiger: Welchen Handelns?
Cop: In einem Auto kann sich alles mögliche abspielen. Lauter Sachen, die es nicht geben sollte. In Autos werden Pläne ausgeheckt. Kriminelle Aktivitäten finden in Autos statt. Oder die Erregung öffentlichen Ärgernisses. Ist es das, was Sie im Sinn haben, Miss?
Frau: Wir haben unser Brathähnchen gegessen. Ich versteh nicht, wieso das ein öffentliches Ärgernis sein soll.
Cop: Sehen Sie immer so aus, wenn Sie durch die Gegend fahren?
Frau: Wieso?
Cop: Sie tragen kaum was am Leib.
Frau: Es sind 40 Grad im Schatten, Officer.
Cop: Tragen Sie eine Schusswaffe, Miss?
Frau: Nein, Sir.
Cop: Also, ich frage Sie jetzt zum letzten Mal: WIESO AUSGERECHNET HIER?

YOU BETTER LEAVE

What are you looking for?
I've come to look for my past!
Go away! It ain't here no more!
It's been torn down!
It's been sold!
It's not yours anymore!
Never did belong to you!
Go on, get out of here!
You look like some kids I grew up with!
I'm in jail!
I'm dead!
I never saw you before!
YOU BETTER LEAVE!

You slammed my head against a school locker!
It wasn't me … it was somebody else!
I listened to records in your house!
Man, I told you I never saw you before!
We had rock fights down the street!
I don't know what you're talking about!
I was born here!
YOU BETTER LEAVE!

I came back to look for the home run ball I hit!
You never hit no home run!
Remember that girl I was in love with?

HAU AB HIER

Was suchst du hier?
Ich bin auf der Suche nach meiner Vergangenheit.
Verzieh dich! Die ist weg!
Die wurde abgerissen!
Die ist verkauft!
Die gehört dir nicht mehr!
Hat sie auch nie!
Los, verschwinde hier!
Ihr seht aus wie ein paar von den Kids, mit denen ich hier aufgewachsen bin!
Ich bin im Knast!
Ich bin tot!
HAU AB HIER!

Also du hast mal meinen Schädel gegen den Schulspind gerammt!
Nee, nee … das war jemand anders!
Hey, bei dir zuhaus haben wir damals öfters Platten angehört!
Mann, ich sag dir doch, dich hab ich noch nie gesehn!
Wir haben uns da vorn an der Ecke mit Steinen beworfen!
Keine Ahnung, wovon du redest!
Ich bin hier geboren!
HAU AB HIER!

Ich bin hier und will den Ball finden, mit dem ich damals den Home Run hinlegte!
Du hast nie 'n Home Run geschafft!
Erinnerst du dich an das Girl, in das ich damals verknallt war?

She ain't here no more!
She never was in love with you!
I got a scar on my face to prove who I am!
That don't prove nothin' man!
You stole my sandwich at lunchtime!
It wasn't me ... it was somebody else!
My father said you attacked him with a knife!
Your old man was so drunk he probably attacked himself!
YOU BETTER LEAVE!

I'm not afraid of you!
Those are girl's shoes you got on that your mama painted black!
That's a lie!
I saw your old man lying dead drunk on his back down on Third Street!
That's a lie!
I saw him passed out in a cop car!
That's a lie! I have a right to be here! My father died here!
He ain't the only one!
That was our house over there!
I never saw you before!
I was born here!
YOU BETTER LEAVE!

Die gibt's hier nicht mehr!
Die hat nie was mit dir gehabt!
Hier, die Narbe in meinem Gesicht beweist, wer ich bin!
Die beweist gar nix, Mann!
Du hast mir damals mein Schulbrot geklaut!
Nee! Das war jemand anders!
Mein Vater erzählte, du bist mal mit dem Messer auf ihn los!
Dein Alter war so blau, dass er sich das Messer vermutlich selber reingerammt hat!
HAU AB HIER!

Vor dir hab ich keine Angst!
Du trägst ja Mädchenschuhe! Hat dir Mutti schwarz gefärbt!
Du lügst!
Ich hab gesehn, wie dein Alter auf der Third Street besoffen in der Gosse lag!
Du lügst!
Ich hab gesehn, wie sie die Schnapsleiche in den Streifenwagen hievten!
Alles Lüge! Es ist mein gutes Recht, hier zu sein! Hier ist mein Vater gestorben!
War bestimmt nicht der einzige!
Das dort drüben war unser Haus!
Dich hab ich noch nie im Leben gesehn!
Ich bin hier geboren!
HAU AB HIER!

A FIGURE OF SPEECH

Who is the Dummy?
You're the dummy, dummy
How old are you?
Old enough to know better
Better than what?
To be seen in your company
That's not very nice
I'm not very nice
No, you're not
You wanted me
I did
So, who is the dummy?
Do I have to tell you?
If you're so smart what are we doing here?
What do you mean?
Why a cheap shit-hole like this?
It's not a shit-hole - it's one of the leading entertainment centers in the country
The country is a shit-hole too
Now, that kind of talk will only get us in trouble
I like trouble
Well, there are people listening
Let them listen
Now, darling if I may …
May what?
Call you darling …
You're paying for it so go ahead and get your money's worth

BLOSS SO 'NE REDENSART

Wer ist hier der Trottel?
Der Trottel bist du, du Trottel!
Wie alt bist du?
Alt genug, um es zu wissen.
Was denn?
Dass ich mich mit dir lieber nicht blicken lasse!
Das ist aber nicht sehr nett.
Bin kein sehr netter Mensch.
Nee, bist du nicht.
Ich bin auf deinen Wunsch hier.
Stimmt.
Na, wer ist nun der Trottel?
Willst du's wirklich wissen?
Wenn du so smart bist, was suchen wir dann hier?
Wie meinst du das?
In so 'nem billigen Drecksloch?
Das ist kein Drecksloch, sondern eins der führenden
    Entertainment-Center des Landes!
Das ganze Land ist ein Drecksloch.
Mit solchen Sprüchen kriegen wir bloß Ärger.
Ich liebe Ärger.
Die Leute können uns hören.
Von mir aus.
Nun, Darling, wenn ich dich …
Was?
Dich Darling nennen darf …
Nur zu, schließlich hast du ja dafür bezahlt.

Well darling I was thinking …
Thinking?
Yes that's what I said
When did you start doing that?
Now darling be nice to me
Or?
Or I'll put you back where I found you.
They won't like that
Who are they?
The audience
I'll find another one
Not like these … you won't - this is a captive audience
What is that supposed to mean?
They're behind bars …
Until they are no longer a threat to society
When they're dead
That's not what I said
I've heard enough
Remember when I used to be somebody?
Before you met me you were a nobody
I created you!
I am my own creation now
Nobody will buy it - I want to be honest with you.
There's always a first time
Before you met me you were nothing … Wait … don't argue … let me finish … you could not have existed without me … I am the breath you breathe you fool … Look … people are walking out.
Yeah, they don't need this kind of talk … We are here to entertain … to make them laugh … to make them forget

Nun, Darling, ich hab mir gedacht ...
Du hast gedacht?
Ja, wie ich sagte ...
Wann hast du denn damit angefangen?
Komm, Darling, sei lieb zu mir.
Sonst?
Sonst landest du wieder dort, wo du herkommst.
Das werden sie gar nicht mögen.
Wer denn?
Das Publikum.
Such ich mir eben ein neues.
So eins findest du nicht so leicht – die sind doch ganz gefangen.
Was soll denn das heißen?
Die sitzen ja praktisch hinter Gittern ...
Bis sie für die Gesellschaft keine Bedrohung mehr darstellen.
Wenn sie tot sind.
Das hab ich nicht gesagt.
Ich hab schon richtig gehört.
Ich war ja mal wer ... weißt du noch?
Bevor du mich trafst, warst du ein Niemand.
Ich habe dich kreiert!
Jetzt bin ich meine eigene Kreation.
Also ehrlich jetzt: Das kauft dir keiner ab.
Es gibt immer ein erstes Mal.
Bevor du mich trafst, warst du ein Nichts. Moment, lass
   mich ausreden ... ohne mich könntest du doch gar nicht
   existieren, du trübe Tasse. Ich bin die Luft, die du atmest ...
   Sieh mal, die ersten gehen schon ...
*Yeah, die brauchen so ein Geschwätz nicht ... Wir sind da, um
   sie zu unterhalten, um sie zum Lachen zu bringen ... damit*

> their troubles ... to make them forget that one day
> we will all have to die ... I've said all I have to say ...
> I'm leaving ... You'll know I'm gone when the words
> no longer mean anything

You don't mean that
Then I want you to say you're sorry
Sorry for what?
For having created me in the first place
If that's what you want to hear ... all right ... I'm sorry.
And a kiss
People will get the wrong idea
Let them think what they want to think
All right
Now we bow together and the curtain closes
We don't have a curtain
It's just a figure of speech

sie einfach mal ihre Sorgen vergessen können ... damit sie vergessen, dass wir alle eines Tages sterben müssen. Ich hab jetzt alles gesagt, was es für mich zu sagen gibt ... ich geh jetzt. Du weißt ja, wenn Worte nichts mehr bedeuten, bin ich weg.
Das meinst du nicht im Ernst.
Und ich will, dass du dich jetzt entschuldigst.
Wofür denn?
Dass du mich überhaupt erschaffen hast.
Wenn das jetzt unbedingt sein muss ... Also gut: Es tut mir leid.
Und einen Kuss.
Das werden die Leute womöglich falsch interpretieren.
Die sollen denken was sie wollen.
Na schön ... Jetzt verbeugen wir uns, und dann fällt der Vorhang.
Wir haben doch gar keinen.
Ist bloß so 'ne Redensart.

DANCERS' VOICES

From "Tiny Pieces of Bacon"
For Tony Rizzi

There are many uses you can put a body to
You can embrace it
You can discard it
You can shoot it
You can penetrate it
You can punish it
You can just step over it
You can decorate it
You can worship it
You can hide it
You can laugh at it
You can caress it
You can burn it
You can free it
You can scar it
You can play with it
You can run it down
You can throw it out a window
You can dump it in a hole
You can lay it on a bed of roses
You can starve it
You can eat it
You can preserve it
You can talk to it

STIMMEN DER TÄNZER

Aus „Tiny Pieces of Bacon"
Für Tony Rizzi

Mit einem Körper lässt sich allerhand anfangen
Man kann ihn umarmen
Man kann ihn entsorgen
Man kann ihn anschießen
Man kann ihn penetrieren
Man kann ihn bestrafen
Man kann mit einem Schritt über ihn hinwegsteigen
Man kann ihn schmücken
Man kann ihn anbeten
Man kann ihn verstecken
Man kann ihn lächerlich finden
Man kann ihn liebkosen
Man kann ihn verbrennen
Man kann ihn befreien
Man kann ihm Narben beibringen
Man kann mit ihm spielen
Man kann ihn verschleißen
Man kann ihn zum Fenster rauswerfen
Man kann ihn in einem Loch verschwinden lassen
Man kann ihn auf Rosen betten
Man kann ihn aushungern
Man kann ihn aufessen
Man kann ihn konservieren
Man kann mit ihm reden

You can lay it over railroad tracks
You can submit it to medical tests
You can treat it for a vile disease
You can offer it up for sacrifice
You can dance with it
You can freeze it
You can fondle it
You can sell it
You can use it to get what you want
You can use it before it uses you
You can hide in it
You can make plans in it
You can keep secrets in it
You can smuggle illegal substances in it
You can stare at it
You can tease it
You can dissect it
You can open it up for business
You can drag it through the mud
You can throw it in a ditch
You can stuff it with lies
You can ignore it
You can praise it
You can lose interest in it
You can drop it off where you found it
You can leave it crying out for more
You can love it and love it and love it
And maybe
Just maybe
It will love you back!

Man kann ihn quer über die Eisenbahnschienen legen
Man kann medizinische Versuche mit ihm anstellen
Man kann ihn gegen eine schlimme Krankheit behandeln
Man kann ihn als Opfer darbringen
Man kann mit ihm tanzen
Man kann ihn einfrieren
Man kann ihn streicheln
Man kann ihn verkaufen
Man kann ihn so einsetzen, dass man kriegt was man will
Man kann ihn in Beschlag nehmen, bevor er einen in Beschlag nimmt
Man kann sich in ihm verstecken
Man kann in ihm Pläne schmieden
Man kann ihm Geheimnisse anvertrauen
Man kann in ihm verbotene Substanzen schmuggeln
Man kann ihn anstarren
Man kann ihn reizen
Man kann ihn sezieren
Man kann ihn als Geschäftsgrundlage nutzen
Man kann ihn durch den Schlamm zerren
Man kann ihn in einen Graben werfen
Man kann ihn mit Lügen vollstopfen
Man kann ihn ignorieren
Man kann ihn preisen
Man kann das Interesse an ihm verlieren
Man kann ihn dort abladen, wo man ihn gefunden hat
Man kann ihn soweit bringen, dass er nach mehr schreit
Man kann ihn lieben und lieben und lieben
Und vielleicht
Aber nur vielleicht
Wird er die Liebe erwidern!

ODE TO PAIN

Pain is spread from mouth to desirous mouth
I was unfamiliar with pain's demands on my time
I poured the whiskey down my throat seeking redemption from the pain
I looked up at its swollen mouth and its feverish eyes and I saw my mother's face
Pain was brought to my attention at an early age
Pain that was administered from a father to a daughter from a brother to a sister
From a face in the crowd
From a suspect creator
Pain that was delivered without a warning in the middle of the night
Pain that was re-created for entertainment purposes alone
Pain that was held in high esteem
That was believed to be a curse
Pain that was in every syllable
That was in every movement of the body
I held pain in my arms
Pain wore the crown of humanity
It clung to its host like phantom limbs
It held the precious youth of its memories in an ageless grip
Smartass pain, you devious victor on the battlefield of human folly
Smartass pain, you deviant tyrant in the hands of a sadomasochistic worshiper
Pain, you fraudulent inheritor of our offspring
Pain of conscience that knows no limits to pain

ODE AN DEN SCHMERZ

Schmerz wandert von einem gierenden Mund zum nächsten
Ich wusste gar nicht, wie zeitaufwendig Schmerz sein kann
Ich kippte mir den Whiskey rein, suchte Erlösung von Schmerz
Ich schaute auf, erblickte seine geschwollenen Lippen und
   seine Fieberaugen und sah das Antlitz meiner Mutter
Mit Schmerz bin ich von klein auf vertraut
Schmerz, vom Vater der Tochter zugefügt und vom Bruder der
   Schwester
Von einem anonymen Gesicht in der Menge
Von einem fragwürdigen Schöpfer
Schmerz, der mitten in der Nacht kam, ohne Vorwarnung
Schmerz, allein zu Unterhaltungszwecken nachempfunden
Schmerz, der höchsten Respekt genoss
Schmerz, der als Fluch galt
Schmerz, der in jeder Silbe steckte
In jeder einzelnen Bewegung des Körpers sich zeigte
Ich hielt den Schmerz in meinen Armen
Auf seinem Haupt trug er die Krone des Menschseins
An seinem Wirtsorganismus haftet er Phantomgliedern gleich
Die eigene kostbare Jugend von einst im zeitlosen
   Klammergriff
Schmerz, du heimtückischer Sieger auf dem Schlachtfeld der
   Torheit
Schmerz, du Klugscheißer, in den Händen von SM-Adoranten
   wirst du zum abartigen Tyrann
Schmerz, du verlogener Erbe unsrer Nachkommen
Pein des Gewissens, das keine Schmerzgrenze kennt

I write this in pain
Pain, recipient of merciless time
Pain, never an awkward spectator
Pain doing nature's dirty work
Pain seducing pleasure
Pleasure embracing pain
Pain longing for a body
Pain demands undivided attention
Pain demands to be drawn into its relentless gaze
Pain always acts in the interest of its host
Pain is never a welcome guest but always sits at the head of the table
Pain is heartless
Pain has an infinite capacity to wait
Pain has its spies in the body
Pain's only real enemy is death
Pain fears death
Pain is nothing in the face of death
Pain needs a body
Pain has more believers than God
Pain does not complain
Pain does not need to knock on a door or call in advance
Pain introduces itself like an old friend
Is the pain of the lie more painful than the pain of the truth?
Here is a lesson in pain that will be remembered when love has been forgotten
Pain shares its life with you and you treat it like a stranger

Ich schreibe dies unter Schmerzen
Schmerz, gnadenloser Zeitfresser
Schmerz, dem in seiner Zuschauerrolle nie mulmig wird
Schmerz erledigt die Drecksarbeit der Natur
Schmerz umgarnt die Lust
Lust macht sich den Schmerz zu eigen
Schmerz lechzt nach einem Leib
Schmerz fordert ungeteilte Aufmerksamkeit
Schmerz erwartet, dass jeder kuscht unter seinem
    unbarmherzigen Blick
Schmerz handelt stets im Interesse seines Wirtsorganismus
Schmerz ist als Gast nie willkommen, aber sitzt stets am Kopf
    der Tafel
Schmerz ist herzlos
Schmerz kann ewig warten
Schmerz hat seine Spione im Menschenleib
Schmerz kennt nur einen einzigen Feind: den Tod
Schmerz fürchtet den Tod
Schmerz vergeht im Angesicht des Todes
Schmerz braucht den Leib von Lebenden
Schmerz hat mehr Gläubige als Gott
Schmerz lamentiert nicht
Schmerz muss nie anklopfen oder sich anmelden
Schmerz tritt stets auf wie ein alter Freund
Ist die Pein der Lüge schmerzhafter als die Pein der Wahrheit?
Dies ist eine Lektion über Schmerz, die in Erinnerung bleibt,
    wenn an Liebe längst keiner mehr denkt
Schmerz teilt sein Leben mit dir und du tust immer so, als sei er
    dir fremd

TAKING LENIN'S VOWS
For Dmitri Prigov & Natalia Pschenitschnikova

I have come to a scientific city
North of Moscow
It's snowing
There's nothing
For miles on the highway

She's alone
Her dress is torn

A woman shows me
A book she read as a child
And on the front page
Is a portrait of Lenin

Her face is swollen
She's been beaten
She trusted him
And it's a children's book
The kind you read
In the fifth or sixth grade

There's nothing
For miles on the highway
A bus stop
Cold wind
A man

WIR GELOBEN ALS LENINS ERBEN
Für Dmitri Prigov & Natalia Pschenitschnikova

Ich besuche eine Forschungsstadt
Nördlich von Moskau
Es schneit
Meilenweit auf der Autobahn
Nichts als Leere

Sie ist allein
Ihr Kleid ist zerrissen

Eine Frau zeigt mir
Ein Buch das sie als Kind las
Und auf der ersten Seite
Ist ein Porträt von Lenin

Ihr Gesicht ist geschwollen
Man hat sie geschlagen
Sie hat ihm vertraut
Und es ist ein Kinderbuch
Wie man sie
Mit zehn oder elf liest

Meilenweit auf der Autobahn
Nichts als Leere
Eine Bushaltestelle
Kalter Wind
Ein Mann

She leaves the highway
She walks into a field of snow
She grabs handfuls of it
Forcing it between her legs
Blood
And on the front page
Is a portrait of Lenin

In the book
Hidden in the crate
Behind the canned foods
Her father
Is standing over her
With a belt
He's drunk
And it's a children's book
The kind you read
In the fifth or sixth grade

A comet
Is heading
For a deadly collision
With Earth
A scientist
Is on a plane to New York
For a conference
To determine
The fate of mankind

Sie verlässt den Highway
Sie läuft über das Schneefeld
Greift sich ganze Hände voll
Stopft sie zwischen ihre Beine
Blut
Und auf der ersten Seite
Ist ein Porträt von Lenin

In dem Buch
Versteckt in der Steige
Hinter den Konservendosen
Ihr Vater
Steht über ihr
Mit einem Gürtel
Er ist betrunken
Und es ist ein Kinderbuch
Wie man sie
Mit zehn oder elf liest

Ein Komet
Nähert sich
Auf tödlichem Kollisionskurs
Der Erde
Ein Wissenschaftler
Sitzt im Flieger nach New York
Zu einer Konferenz
Bei der es um das Schicksal
Der Menschheit geht

A salesman
Goes from door to door
Selling ladies' underwear
And it's a children's book
The kind you read
In the fifth or sixth grade
And on the first page
Is the portrait of Lenin

His car breaks down
He is forced
To hitch a ride
She takes him
To her place
He mounts her
And it's a children's book
The kind you read
In the fifth or sixth grade

The young scientist
Meets the professor's daughter
They fall in love
Now they must decide
Who will be saved
And who must remain behind
People will be selected
For their intelligence
For their youth
For their ability to survive
The hostile elements in space

Ein Hausierer
Geht von Haus zu Haus.
Verkauft Damenunterwäsche
Und es ist ein Kinderbuch
Wie man sie
Mit zehn oder elf liest
Und auf der ersten Seite
Ist ein Porträt von Lenin

Sein Auto gibt den Geist auf
Ihm bleibt nichts übrig
Als den Daumen rauszuhalten
Sie nimmt ihn mit
Zu sich nach Hause
Er legt sie flach
Und es ist ein Kinderbuch
Wie man sie
Mit zehn oder elf liest

Der junge Wissenschaftler
Lernt die Tochter des Professors kennen
Sie verlieben sich
Sie müssen sich jetzt entscheiden
Wer wird gerettet
Und wer muss zurückbleiben
Man wird ausgewählt
Nach seiner Intelligenz
Nach seinem Alter
Und der Überlebensfähigkeit
Unter Weltraumbedingungen

And it's a children's book
The kind you read
In the fifth or sixth grade

The salesman
Penetrates her
The police arrive
The comet
Comes crashing to earth

In the last scene
The salesman places a pillow
Under her
She returns
To her fathers house
She's been gang raped
Her father is drunk
The young scientist
Holds her in his arms
The salesman
Runs into a hail of bullets

And it's a children's book
Behind the canned goods
In the wooden crate
The kind I read
In the fifth or sixth grade

Und es ist ein Kinderbuch
Wie man sie
Mit zehn oder elf liest

Der Hausierer
Penetriert sie
Die Polizei trifft ein
Der Komet
Stürzt auf die Erde zu

In der letzten Szene
Schiebt der Hausierer ihr
Ein Kissen unter
Sie kehrt zurück
Ins Haus ihres Vaters
Sie haben sie nacheinander vergewaltigt
Ihr Vater ist betrunken
Der junge Wissenschaftler
Hält sie in seinen Armen
Der Hausierer
Läuft in einen Kugelhagel

Und es ist ein Kinderbuch
In der Steige
Hinter den Konservendosen
Eins von der Sorte
Wie ich sie
Mit zehn oder elf las

As the comet
Leaves its blazing trail
Across the sky
Everyone is doomed

In the last scene
At the launching site
Guarded by dogs and barbed wire
And armed soldiers
At take-off
Thousands of people
Storm the fences
Desperate to reach the spacecraft

Blood dripping
Down her legs
Into the snow
And on the first page
Is the portrait of Lenin

The police
Smashing through the door
And it's a children's book
The kind she read
In the fifth or sixth grade
And it's a children's book
A children's book
A children's book …

Als der Komet
Mit seinem Feuerschweif
Am Himmel sichtbar wird
Ist jedermanns Schicksal besiegelt

In der letzten Szene
Stürmen kurz vor dem Start
Tausende verzweifelter Menschen
Den mit Stacheldraht gesicherten
Von Soldaten und Hunden bewachten
Raketenstartplatz
Und wollen zum Raumschiff

Blut rinnt
Ihre Beine hinab
In den Schnee
Und auf der ersten Seite
Ist ein Porträt von Lenin

Die Polizisten
Treten die Wohnungstür ein
Und es ist ein Kinderbuch
Von der Sorte
Die sie mit zehn oder elf las
Und es ist ein Kinderbuch
Ein Kinderbuch
Ein Kinderbuch

TWIDDLE TOES
For Jennifer Beals

Telephone rings in an apartment in Berlin

Actor: Hello
Assistant: I am calling on behalf of the film director Claude Chabrol. Does that name mean anything to you?
Actor: Yeah. Of course.
Assistant: Jenny gave us your number. She said you could help.
Actor: What do you need?
Assistant: Claude is doing a remake of M with Jenny playing one of the leads.
Actor: What do I have to do?
Assistant: You play a corpse, so not much.
Actor: I guess I don't get any lines.
Assistant: That's correct. It's not a talking role. Jenny said you were a natural.
Actor: A natural what?
Assistant: Talent.
Actor: I was a child star.
Assistant: We have two roles available. The first requires that you float dead in the Wannsee before sunrise. The second possibility is that you play dead in the morgue.
Actor: I can't swim. I'll take the morgue. What do I have to do?
Assistant: Nothing. You're dead. A sheet will be placed over your head. There is one thing. Can you twiddle your baby toes?

TWIDDLE TOES
Für Jennifer Beals

In einer Berliner Mietwohnung läutet das Telefon.

Schauspieler: Hallo.
Assistentin: Ich rufe an im Auftrag des Filmregisseurs Claude Chabrol. Sagt Ihnen der Name etwas?
Schauspieler: Ja, natürlich.
Assistentin: Jenny hat uns Ihre Nummer gegeben. Sie meinte, Sie könnten das vielleicht übernehmen.
Schauspieler: Worum geht's denn?
Assistentin: Claude dreht ein Remake von *M*, und Jenny spielt eine der Hauptrollen.
Schauspieler: Und was gibt es für mich zu tun?
Assistentin: Nicht sehr viel. Sie spielen eine Leiche.
Schauspieler: Das ist dann wohl keine Sprechrolle.
Assistentin: Richtig, keine Sprechrolle. Jenny sagte, Sie seien ein Naturtalent.
Schauspieler: Aha. Ich war mal ein Kinderstar.
Assistentin: Wir hätten zwei Rollen anzubieten. Bei der einen müssten Sie vor Sonnenaufgang tot im Wannsee treiben. Bei der anderen spielen Sie eine Leiche im Leichenschauhaus.
Schauspieler: Ich bin Nichtschwimmer. Ich nehm das Leichenschauhaus. Was muss ich tun?
Assistentin: Nichts, Sie sind ja tot, und Sie werden ein Tuch überm Gesicht haben. Eins müssen wir jetzt noch klären. Können Sie mit dem kleinen Zeh wackeln?

Actor: I have to see. Could you hold on a minute?
Assistant: Yes, I'll hold.
Actor: Yeah, no problem.
Assistant: Without moving the other toes?
Actor: That's right. But I thought I was dead.
Assistant: It's just an idea the director has.
Actor: I'm your man.
Assistant: Wonderful! It sounds like you are just perfect for the part. Do you know where the Charité hospital is?
Actor: Sure.
Assistant: Fine.
Actor: Tell Jenny that I appreciate this.
Assistant: She sends her love and says she will introduce you to Claude. Oh yes, one more thing. It can get pretty cold in that room. It could take a while to set the scene, so bring something warm. You'll be alone for some time. Well, not exactly alone ... that won't bother you will it?
Actor: Oh no, not at all.
Assistant: Fine. It's settled then ... I look forward to meeting you.
Actor: While I'm still alive?
Assistant: Well, alive or dead.

Schauspieler: Muss ich mal schauen. Moment. Bleiben Sie dran?
Assistentin: Gut, ich warte.
Schauspieler: Jaaa ... das geht. Kein Problem.
Assistentin: Ohne die anderen Zehen dabei zu bewegen?
Schauspieler: Genau. Aber ich dachte, ich bin tot?
Assistentin: Nur so eine Idee des Regisseurs.
Schauspieler: Dann bin ich der Richtige.
Assistentin: Wunderbar! Dann sind Sie offenbar die perfekte Besetzung für die Rolle. Wissen Sie, wo die Charité ist?
Schauspieler: Klar.
Assistentin: Gut.
Schauspieler: Sagen Sie Jenny, dass ich mich freue.
Assistentin: Sie lässt Sie herzlich grüßen und wird Sie dann mit Claude bekannt machen. Ach ja, noch etwas. Es ist sehr kühl dort in diesem Raum, und es könnte ein Weilchen dauern, bis wir drehbereit sind. Bringen Sie also bitte was Warmes zum Anziehen mit. Und Sie werden dort eine Zeit lang allein sein – nun, allein ist vielleicht nicht das richtige Wort ... das macht Ihnen doch nichts aus, oder?
Schauspieler: Oh nein, überhaupt nicht.
Assistentin: Wunderbar, dann ist die Sache abgemacht. Ich freu mich, Sie kennenzulernen.
Schauspieler: Sie meinen, noch als Lebender?
Assistentin: Na, tot oder lebendig!

INCIDENT AT THE MUNICIPAL OFFICE IN BERLIN

Clerk: How can I help you?
Man: Tell me: Do I look like a dead man to you?
Clerk: Would you like a glass of water?
Man: Yes, thank you, I'm dying of thirst. Forgive the pun.
Clerk: It's awfully hot today, isn't it?
Man: Yes.
Clerk: I see in our records that you are listed as deceased.
Man: That's what the man on the phone said.
Clerk: Technically dead, according to what I see here … until you can prove otherwise.
Man: Prove otherwise?
Clerk: Well yes, the proper documents, witnesses, loved ones?
Man: There aren't any.
Clerk: No loved ones?
Man: They're all gone.
Clerk: Gone?
Man: You're not going to ask me where to, are you?
Clerk: No, of course not … Still …
Man: What?
Clerk: How can we be certain that you are who you say you are?
Man: Don't these documents in front of you speak for themselves?
Clerk: Documents don't tell us everything.
Man: You have my birth certificate.

DIALOG IM BEZIRKSAMT BERLIN

Sachbearbeiter: Was kann ich für Sie tun?
Mann: Ich hab eine Frage. Seh ich so aus, als wär ich tot?
Sachbearbeiter: Möchten Sie ein Glas Wasser?
Mann: Gern, danke. Ich sterbe vor Durst. Pardon, sollte kein Witz sein.
Sachbearbeiter: Schrecklich heiß heute, nicht?
Mann: Ja.
Sachbearbeiter: Wie ich hier unseren Akten entnehme, sind Sie als verstorben gemeldet.
Mann: Das sagte der Mann am Telefon auch.
Sachbearbeiter: Nach dem, was ich hier stehen habe, sind Sie technisch gesehen tot ... solange Sie nicht das Gegenteil beweisen.
Mann: Das Gegenteil beweisen?
Sachbearbeiter: Nun ja, mit entsprechenden Dokumenten, Zeugen, Angehörigen?
Mann: Alle weg.
Sachbearbeiter: Alle weg?
Mann: Sie wollen aber jetzt nicht wissen, wohin?
Sachbearbeiter: Nein, natürlich nicht. Aber ...
Mann: Ja?
Sachbearbeiter: Wie können wir sicher sein, dass Sie derjenige sind, für den Sie sich ausgeben?
Mann: Sprechen die Ihnen vorliegenden Dokumente denn nicht für sich?
Sachbearbeiter: Dokumente sagen uns nicht immer alles.
Mann: Sie haben meine Geburtsurkunde.

Clerk: And your confirmation of death.
Man: If this is a nightmare – wake me up when it's over.
Clerk: I'm afraid there is nothing we can do.
Man: There must be a mistake.
Clerk: You're the tenth person today that said that …

Sachbearbeiter: Und die Bestätigung Ihres Ablebens.

Mann: Falls das hier ein Albtraum sein sollte – wecken Sie mich bitte, wenn er vorbei ist?

Sachbearbeiter: Ich fürchte, wir können Ihnen in dieser Sache nicht weiterhelfen.

Mann: Hier muss ein Irrtum vorliegen.

Sachbearbeiter: Sie sind der Zehnte heute, der das behauptet.

AND YOU?

If you had to say one thing that struck you, what
    would you say?
The dust …
And you, Sir?
The noise …
And you, Miss?
The blood …
And you, Miss?
I would say the screams …
And you, Miss?
The stillness …
And you, Miss?
The anger …
And you, Sir?
The Chaos … it was the chaos …
And you, Miss?
God help us …
And you, Sir?
I don't want to remember …
And you, Miss?
Leave me alone!
And you, Sir
Ask them!
And you, Miss
I'm sorry … I am so sorry …
And you, Sir?
No comment!

UND SIE?

Wenn Sie jetzt das nennen müssten, was sich Ihnen am stärksten eingeprägt hat – was wäre das?
Der Staub ...
Und Sie, Sir?
Der Lärm ...
Und Sie, Miss?
Das Blut ...
Und Sie, Miss?
Also ich würde sagen, die Schreie ...
Und Sie, Miss?
Die Stille.
Und Sie, Miss?
Dieser Zorn ...
Und Sie, Sir?
Das Chaos ... es war dieses Chaos ...
Und Sie, Miss?
Behüt uns Gott ...
Und Sie, Sir?
Ich will nicht mehr dran denken!
Und Sie, Miss?
Belästigen Sie mich nicht!
Und Sie, Sir?
Fragen Sie doch jemand anders!
Und Sie, Miss?
Es tut mir leid ... es tut mir ja so leid ...
Und Sie, Sir?
Kein Kommentar!

And you, Miss?
Who gives you the right to ask these questions?
And you, Miss?
Well, I expected it of course … But when it happened …
And you, Sir?
They got what they had coming …
And you, Sir?
I didn't know what to believe anymore …
And you, Miss?
The stench …
And you, Sir?
I saw it coming but I couldn't stop it …
And you, Miss
My god, they were just children!
And you, Sir?
It's none of your business!
And you, Miss?
They say when you see something like this you will never be the same.

Und Sie, Miss?
Woher nehmen Sie das Recht, solche Fragen zu stellen?
Und Sie, Miss?
Also, ich habe ja mit sowas gerechnet. Aber als es dann passierte ...
Und Sie, Sir?
Geschah denen doch völlig recht ...
Und Sie, Sir?
Ich weiß nicht mehr, an was ich glauben soll ...
Und Sie, Miss?
Dieser Gestank!
Und Sie, Sir?
Ich sah es kommen, konnte es aber nicht aufhalten ...
Und Sie, Miss?
Mein Gott, das waren doch noch Kinder!
Und Sie, Sir?
Das geht Sie nichts an!
Und Sie, Miss?
Es heißt ja, wenn man so was gesehn hat, dann ist man nicht mehr derselbe.

END ZONE

I'm sitting in the emergency room waiting with Godot. I had just brought my wife in. A man in Atlanta had tried an escape attempt into my wife's body. The knife he operated with is still floating down the Mississippi River. Godot had his eyes tuned to the TV when we came in. He was following a pass into the end zone. I was happy to see him again. We go back a long way. He turned to me with a look on his face like everything he'd ever loved had disappeared behind those swinging doors. He was afraid his protagonists would be taken away from him. I was afraid I'd lose my wife. He offered me a banana. I threw the banana away and ate the peel. I saw a gorilla do that once in a Paris zoo.

A punk kid changed the station to a soap opera about a poor guy rushing his wife to a hospital. It looked like a re-run. A phone rang in the corridor. The punk kid answered it. "Joe's Pizza". Somebody ought to take that kid into custody.

The police just wheeled in a black man on a stretcher. His body looked like he'd been run over by a truck. He was like the rest of us. Surprised to still be alive. He was strapped down, and his eyes were bulging out of his skull. Somebody's going to slip on that blood, I thought, as the punk kid raced by on a skateboard.

ENDZONE

Ich sitze in der Notaufnahme. Auch Godot sitzt hier und wartet. Ich habe gerade meine Frau hergebracht. In Atlanta hatte ein Kerl einen Fluchtversuch in die Physis meiner Frau unternommen. Das Messer, mit dem er operierte, dümpelt vermutlich immer noch irgendwo den Mississippi runter. Als wir reinkamen, hing Godots Blick am Fernsehschirm. Er verfolgte gerade einen Pass zur Endzone. Ich freute mich über das Wiedersehen, schließlich sind wir alte Bekannte. Als er sich mir zuwandte, machte er ein Gesicht, als sei alles, was ihm je etwas bedeutet hatte, durch die Flügel dieser Schwingtür entschwunden. Er befürchtete, man werde ihm seine Protagonisten wegnehmen, und ich hatte Angst, meine Frau zu verlieren. Er bot mir eine Banane an. Ich aß die Schale und warf die Banane weg. Das hatte ich einem Gorilla im Pariser Zoo abgekuckt.

Ein junger Punk wechselte den Sender. Es kam eine Seifenoper, in der es um einen armen Teufel ging, der seine Frau mit Karacho zum Spital kutschiert. Offenbar eine Wiederholung. Vorn im Flur läutete ein Telefon. Der Punk nahm ab und meldete sich mit „Joe's Pizza". Jemand sollte diesen Kid in Verwahrung nehmen.

Polizisten schoben gerade einen Schwarzen auf einer Rollbahre herein. Er sah aus, als hätte ihn ein Lastwagen überfahren. Wie alle hier schien er verwundert, noch am Leben zu sein. Er war auf die Bahre geschnallt, ihm quollen schier die Augen aus dem Kopf. Ich dachte: Gleich wird jemand ausrutschen auf diesem Blut, da kam der Punk auf einem Skateboard vorbeigesaust.

Godot turned away from the scene and looked toward those swinging doors. "When will the curtain fall, when will it fall?" he cried out.

"I want my rights", screamed the black man. "Before you take any more of my blood, I want my rights!" The nurse stuck a needle in his veins. That should shut him up. Godot turned to me. "Some of them is still waiting", he laughed.

The punk kid turned the game back on. The quarterback is being sacked for a loss. I've just reached the place in the river my mind can't cross. I'm staring over at the other side. I'd throw a rock to get someone's attention, but it would probably sink unnoticed. I'm being strapped to a hospital bed and floating down some river of no return. My chest is heaving against the straps. A black man is smashing his way out of my insides. I am crying and he is crying and we're running out of time.

A doctor walked in with a bottle of champagne. "Congratulations", he said, "she's still alive!" The first one to get the bottle open, I thought, is a dead man. I looked up and saw there was still time on the clock.

A black guard was kicking a coke machine. "You get what you pay for, goddamn it, so give me back what I put into you!" Meanwhile the punk kid was sticking a dirty needle up another kid's arm. "Now where did you say the police found her?" asked the doctor. "On the rocks," I said, "whatever it is, I'll drink it on the rocks." "Are your identity papers in order?"

Godot wandte sich vom Geschehen ab und starrte auf die Schwingtür. „Wann fällt hier endlich der Vorhang?", rief er. „Wann fällt er?"

„Ich besteh auf meinen Rechten!", brüllte der Schwarze. „Bevor ihr mir hier noch mehr Blut abzapft ...!" Die Schwester gab ihm eine Spritze. Das würde ihn zum Schweigen bringen. Godot drehte sich zu mir her und lachte: „Hier warten noch ganz andere."

Der junge Punk schaltete wieder um auf den Sportsender. Der Quarterback hatte es vergeigt und marschierte vom Platz. Ich hab jetzt die Stelle im Fluss erreicht, wo ich mental nicht weiterkomme, und fixiere drüben das Ufer. Ich könnte einen Stein werfen, um auf mich aufmerksam zu machen, aber der würde vermutlich unbemerkt untergehn. Ich bin an ein Spitalbett geschnallt, treibe auf einem Fluss ohne Wiederkehr, und bei jedem Atemzug spannt der enge Gurt über der Brust. Tief in mir drin bricht sich ein Schwarzer Bahn und will ins Freie. Er heult, ich heule, uns läuft die Zeit davon.

Ein Arzt erschien mit einer Flasche Champagner. „Gratuliere", sagte er, „sie hat's überlebt!" Ich dachte: Der erste, der jetzt den Korken knallen lässt, ist ein toter Mann. Ich blickte hinauf zur Wand und sah, die Uhr war noch nicht abgelaufen.

Ein schwarzer Wachmann kickte gegen den Coke-Automat. „Man kriegt gefälligst das, wofür man zahlt! Oder du rückst raus, was ich eingeworfen hab!" Der Punk war unterdessen dabei, einem andern Kid eine unsauber aussehende Spritze zu setzen. „Wo sagten Sie noch gleich, hat die Polizei Ihre Frau gefunden?" erkundigte sich der Arzt. „On the rocks", erwiderte ich, „egal was es sein mag, ich trink es on the rocks." „Sind Ihre Papiere in Ordnung?", fragte der Arzt. „Ich hab nur einen Pass

the doctor asked. "I only carry a passport," I said, "you know, in case of an emergency." "How do you expect to pay for this?" asked the nurse. "With my life," I said.

Godot was forcing a banana into my mouth when I opened my eyes. "Where am I?" "You're waiting with Godot," he replied. Suddenly there was a roar down the hall. The black man had burst through the straps. There were flags down on the field. I guess that means he'll be thrown for a loss. I wondered how much time is still on the clock. I turned to the black man as he was sprinting for the door. "What river did you say you were from? Was it the Mississippi?" "No, it's the river of life and they tryin' to throw me out." I hope he'll make it. Sometimes you've got to run without the ball.

I turned to Godot, but he was already gone through those swinging doors. Now the quarterback was being carried off the field. The announcer said it looked like a loss for San Francisco. A black janitor was throwing sawdust on the floor. "That's the way to get those bloodstains out," he said. I walked back to the front desk to finish my drink. I asked the nurse if she'd heard anything more about the condition of my wife, just to keep the subject alive. The punk kid said he saw her being wheeled down the hall. "Are you insured?" asked the nurse. "Against what?" I said. "Against what it's going to cost you once you know the truth." "What kind of hospital is this?" I asked. Then another doctor walked up to me. I think he was

dabei, wissen Sie, für alle Fälle", sagte ich. „Womit wollen Sie hier eigentlich bezahlen?", fragte die Schwester. „Mit meinem Leben", erwiderte ich.

Als ich die Augen aufmachte, schob mir Godot mit Gewalt eine Banane in den Mund. „Wo bin ich?" „Du wartest hier mit Godot", erwiderte er. Weiter unten im Flur war plötzlich lautes Gebrüll zu hören. Der Schwarze hatte die Gurte gesprengt. Auf dem Feld sah man *penalty flags*. Ich nahm an, das machte ihn dann restlos konfus. Ich fragte mich, wieviel Zeit uns noch blieb. Ich wendete mich an den Schwarzen, der gerade vorbeisprintete in Richtung Tür: „Von welchem Fluss, sagten Sie, kommen Sie? War's nicht der Mississippi?" „Nee, es ist der Strom des Lebens, und in dem wollen sie mich nicht." Ich hoffe, er schafft's. Manchmal muss man das Spiel ohne den Ball machen.

Ich wollte mich Godot zuwenden, aber der war bereits durch die Schwingtür verschwunden. Den Quarterback trug man gerade vom Feld. Der Sprecher sagte, es sehe nach einer Niederlage für San Francisco aus. Ein schwarzer Hausmeister war damit beschäftigt, Sägemehl auf dem Boden zu verteilen. „Damit kriegt man die Blutflecken weg", erklärte er. Ich schlenderte zurück zum Empfang, um mich wieder meinem Drink zu widmen. Ich fragte die Schwester, ob sie irgendwas von meiner Frau gehört hatte, ehe das Thema in Vergessenheit geriet. Der Punk sagte, er hätte gesehen, wie man sie den Flur runter schob. „Sind Sie versichert?", fragte mich die Schwester. „Gegen was?", erwiderte ich. „Was es Sie kosten wird, sobald Sie die Wahrheit kennen." „Was für 'ne Sorte Spital ist das hier eigentlich?", sagte ich. In dem Moment steuerte ein Arzt auf mich zu. Zumindest sah er wie einer aus. Er hatte ein Messer. Ich fragte ihn, ob

a doctor. He had a knife. I asked him, if he'd seen my wife. He said he'd go take another look in the back.

A black guard walked up to me. "What country did you say your wife was from?" Just to keep the conversation alive I told him. Meanwhile the guard was checking the passports of Vladimir and Estragon.

"I'm afraid these passports are forged," said the guard. "With names like you got, you boys could be illegal aliens! Now I am going to ask you boys to raise your hands and promise to tell the whole truth and nothin' but the truth." Then he bent over and whispered to a cleaning lady scraping bubble gum from the back of a chair "That gets them every time!"

"What does America mean to you?" asked the guard. Vladimir said, "America is where you get what you pay for." Estragon said, "America is where you don't get what you pay for."

"Vladimir can stay," said the guard. "Estragon, you got to go back wherever you come from. It has been a long day. I'm goin' home."

I didn't know which way to turn. So, I went through those swinging doors. "BEFORE YOU TAKE ANY MORE OF MY BLOOD, I WANT MY RIGHTS" I cried. A black orderly yelled at me: "WHAT RIVER DID YOU SAY YOU WERE FROM? WAS IT THE MISSSISSIPPI?" "No, it's the river of life and they tryin' to rush me out." I felt a needle in my arm as I rushed into the end zone.

er meine Frau gesehen hätte. Er sagte, er werde hinten noch einmal nachschauen.

Ein Schwarzer von der Security baut sich vor mir auf. „Aus welchem Land, sagten Sie noch mal, stammt Ihre Frau?" Um das Gespräch in Gang zu halten, erzählte ich es ihm. Er überprüfte nun die Pässe von Vladimir und Estragon.

„Ich fürchte, diese Pässe sind gefälscht", sagte der Wachmann. „Mit solchen Namen könntet ihr durchaus Illegale sein! Ich fordere euch beide jetzt auf, die Hand zu heben und zu schwören, dass ihr die volle Wahrheit sagt und nichts als die Wahrheit." Dann beugte er sich vor und sagte leise zu einer Putzfrau, die gerade einen alten Kaugummi unter einem Stuhl entfernte: „Sowas nervt die Leute jedes Mal."

„Was bedeutet dir Amerika?" fragte der Wachmann. Vladimir erwiderte: „In Amerika kriegt man immer, wofür man bezahlt hat." Estragon sagte: „In Amerika kriegt man nie, wofür man bezahlt hat."

„Vladimir kann bleiben", sagte der Wachmann. „Estragon, du verschwindest wieder dorthin, wo du hergekommen bist. War ein langer Tag, ich mach jetzt Feierabend."

Mir war nicht klar, wohin ich mich wenden sollte. Also marschierte ich einfach durch diese Schwingtür. „Ehe ihr mir noch mehr Blut abzapft", rief ich, „poche ich auf meine Rechte!" Ein schwarzer Krankenwärter raunzte mich an: „An welchem Fluss sind Sie geboren, sagten Sie? Am Mississippi?" „Nee, es ist der Strom des Lebens und dort will mich keiner haben." Erst spürte ich eine Nadel im Arm. Dann, wie ich in die Endzone rauschte.

BARE FACTS

I am alone in an old wooden cottage in Daly City
There is a shopping center nearby with a bowling alley
And endless rows of graves on the surrounding hillsides
The wind blows the fog in from the ocean
I am sitting in a rocking chair reading Crime and Punishment
I am going to San Francisco State University
But I am learning nothing
I have no intention or concept of leaving the country
I stand on a freeway overpass watching cars speeding below
    me
Going to what I imagine are exotic locations
I discover foreign films
I go alone to all the matinees
The subtitles read like poems
I struggle for my identity between the images and the words
I am encountering no mentor
No living guide through my labyrinth

I grew up in what was referred to as a black ghetto called
    Hunter's Point
My father is an artist, a cowboy and a drunk
He works in the slaughterhouses and animal shelters
He pushes a broom sweeping streets
Until he falls on his face
My mother works in candy factories
I watch horror movies on television when I come home from
    school

NACKTE TATSACHEN

Ich bin allein in einem alten Holzhaus in Daly City
In der Nähe gibt es ein Shopping Center mit Bowlingbahn
An den Hängen ringsum endlose Reihen von Gräbern
Der Wind bläst die Nebelschwaden vom Meer herein
Ich sitze in einem Schaukelstuhl und lese Schuld und Sühne
Ich bin Student an der San Francisco State University
Aber dort lerne ich nichts
Ich habe keinerlei Absicht oder gar Pläne, das Land zu verlassen
Von einer Freeway-Überführung aus schaue ich den Autos zu,
 die unter mir durchzischen
Und male mir die exotischen Orte aus, die sie ansteuern
Ich entdecke ausländische Filme
Ich geh in jede Matinee, stets allein
Die Untertitel lesen sich wie Gedichte
Zwischen den Bildern und Worten erkämpfe ich mir eine
 Identität
Ein Mentor ist mir nie begegnet
Kein lebender Führer in meinem Labyrinth

Ich wuchs auf in einem Viertel namens Hunters Point, das als
 Schwarzengetto galt
Mein Vater ist ein Künstler, ein Cowboy und ein Säufer
Er arbeitet in Schlachthöfen und Tierheimen
Seinen Job als Straßenkehrer macht er
Bis er eines Tages auf der Straße umkippt
Meine Mutter malocht in der Süßwarenfabrik
Nach der Schule schau ich mir im TV Horrorfilme an

My favorite is the attack of the giant crabs that ate away
    an island
I am pushing a cart of library books through the school
    corridors
I am standing in an elevator with a little black girl
She also has a cart of books
But we will never get to know one another

Kids often attack our house
They throw rocks and break the windows
Some nights they are in the front yard
Our dogs tearing at their feet
Our next-door neighbor is murdered
My father buys a gun
John F. Kennedy is assassinated
I am growing up
The Beatles are coming to town to play at the baseball
    park
I have a ticket but for some reason I don't go
My only true friends are writers
Most of them are dead
I am filling vending machines on aircraft carriers
The Vietnam War is drafting people my age
I win the lottery and don't have to go
There are more assassinations
I grow disillusioned
I am now adrift
I am the remains of a great ideal
Of a great illusion
The illusion that I am an artist

Mein Lieblingsfilm ist der mit den Riesenkrabben, die eine
 komplette Insel wegfressen
Ich schiebe einen Wagen mit Büchern aus der Bibliothek
 über die Schulflure
Im Lift stehe ich neben einer kleinen Schwarzen
Sie hat ebenfalls einen Wagen mit Büchern
Kennenlernen werden wir uns nie

Unser Haus wird öfters von Kids attackiert
Sie werfen Steine, es gehn Scheiben zu Bruch
Nachts sind sie manchmal im Vorgarten
Unsere Hunde zerren an ihren Füßen
Der Nachbar im Nebenhaus wird ermordet
Mein Vater kauft sich eine Knarre
John F. Kennedy wird erschossen
Ich werde erwachsen
Die Beatles kommen in die Stadt und geben ein Konzert im
 Baseball-Stadion
Ich habe ein Ticket, aber aus irgendeinem Grund geh ich nicht hin
Meine einzig wahren Freunde sind Schriftsteller
Die meisten von ihnen leben nicht mehr
Ich jobbe als Automatenauffüller auf Flugzeugträgern
Jungs in meinem Alter werden zum Vietnamkrieg eingezogen
Beim Auswahlverfahren werde ich aussortiert und muß nicht hin
Es gibt weitere Attentate
Bei mir macht sich Ernüchterung breit
Ich lasse mich treiben
Ich bin der Überrest eines großen Ideals
Einer großen Illusion
Der Illusion, ich sei ein Künstler

This is a partial autobiography
The important things are missing ...

Dies ist eine unvollständige Biographie
Die wesentlichen Dinge fehlen.

Thanks to

Masha & Vadim Zakharov/Freehome for their hospitality and interest, Florian Günther for making the connection, Ralf Friel for making it happen, Pit Engstler for his friendship and belief in my writing.

Barbara Obloj for playing the perfect mother & Ben Travis for being our drone pilot and barbecue chef.

Celine, my first model.

Manfred Drucke, Elisabeth Frey, Gina Lozano, Armin Kaiser, Thomas Kaiser, Kenneth McGough, Jakob Köllhofer, Claudia & Frank, Pauline & Frank Pyne, Jons Richter, Frank Schindelbeck, Renate Semler & Jörn Gündel, Ingrid Stolz, Marion & Detlev Thimm for their ongoing friendship and support.